Lilà
Syringa

Malva
Malva sylvestris

Fragraria
Fragraria vesca

Hortènsia
Hydrangea-hortensis

Burdock
Arctium lappa

Lilium Martagon
Lilium martagon

i Libri

della Quercia

Fairy Oak

El Secret de les Bessones

Projecte artístic de Elisabetta Gnone
Il·lustracions: Alessia Martusciello
Colors: Barbara Bargiggia
Aquarel·les de Corinne Giampaglia
Els quadres del senyor Poppy els han pintat
Antonella Iozzolino i Miriam Pagliaro
Coberta: Alessia Martusciello, Barbara Bargiggia
i Alessandro Barbucci
Gràcies a l'escriptor Tim Bruno per l'assessorament editorial

UNA PRODUCCIÓ

BOMBUS

Visita el poble del Roure Encantat a:
www.fairyoak.com

Títol original: *Fairy Oak. Il Segreto delle Gemelle*

Traducció de l'italià de Xavier Solsona

Estrella Polar. Pedro i Pons, 9-11, Barcelona

www.estrellapolar.cat
info@estrellapolar.cat

Primera edició: novembre del 2013

Fotocomposició: Infillibres, S. L.
Impressió: Cayfosa
Dipòsit Legal: B. 24.486-2013
ISBN: 978-84-9057-243-6
Imprès a Espanya – Printed in Spain

Elisabetta Gnone

Fairy Oak

El Secret de les Bessones

I

A en Will,
que li encanta llegir
en el banc
a l'ombra del pomer
mentre llança
la pilota a la Nani

I a la Nani, que
ha après a esperar
que en Will
acabi la pàgina

Des de fa més de mil anys,
a la mitjanit en punt, a les cases
de Fairy Oak s'esdevé un fet magnífic:
minúscules fades lluminoses conten
històries de nens a bruixes d'ulls bondadosos,
que escolten emocionades i atentes.
Insòlit, oi?
Tothom sap que les fades i les bruixes
no s'avenen gens i que a les bruixes
no els agraden els nens.
Però ens trobem a la vall del Pradverd,
en el poble de Fairy Oak,
i aquí les coses són des de sempre
un pèl diferents...

Arribada a Fairy Oak

Quan vaig arribar a Fairy Oak, les nenes estaven a punt de néixer. Havia fet un llaaarg viatge i havia creuat molts regnes màgics per arribar al poble del Roure Encantat. Tenia les ales cansades, però l'emoció feia que no pogués aturar-ne la tremolor: s'entén, era la meva primera experiència laboral!

—Bon dia. Em dic Sifeliçjoseredirvoshovoldré i sóc la fada mainadera que vau demanar al Gran Consell! —vaig dir a la velleta que havia tret el cap per la porta.

Tenia els cabells blancs com les roses del seu jardí, les mans llargues i primes, i unes maneres de reina. Durant uns segons no va dir res. Els ulls els tenia ben oberts i fixos en mi, i per un moment vaig dubtar si no era de pedra, perquè, en comptes de contestar-me, s'estava callada i immòbil com una estàtua.

De cop i volta es va sobresaltar, va tancar una mica els ulls per sentir-hi millor i va dir:

—Eh???

No vaig tenir temps de repetir-ho perquè ella, després de fer un llaaaarg sospir i tota somrient, em va dir:

—Encantada de coneixe't, Ferafeliç, vull dir Voldriaseruncendrer... en fi, benvinguda. Deixa'm que et miri, ets més maca i tot del que m'imaginava. Sisplau, entra i seu si vols sobre aquest pastisset de cireres; l'acabo de treure del forn i encara està calent, hi estaràs la mar de bé i podràs descansar.

L'elegant senyora es va asseure en un gran balancí que grinyolava, es va arreglar amb cura el seu bonic vestit verd sàlvia i va adoptar un aire solemne.

—Com ja vaig dir al Gran Consell, estimada fada, se't retribuirà amb deu pètals de rosa al mes, més dos entrepans amb taronja els dies de festa. I... m'agradaria poder-te dir Feli, si no hi tens inconvenient.

Oh, deu pètals al mes em semblaven més que bé, tu diràs! I no diguem això dels entrepans amb taronja: em tornen boja! Però Feli... què n'havia fet del meu preciós nom!

Vaig adoptar el to més seriós i solemne que tenia i...

—Em sento honorada de treballar per a vós, bruixa Tomelilla —vaig dir d'una tirada. I era veritat. La Lalla Tomelilla era la bruixa més famosa i estimada de tots els temps, i per a mi era un mite. Havia rebut tres Plomes d'Or al valor i la bondat i les distincions més importants pels seus descobriments en el camp màgic. Sobre ella corrien mil i una llegendes, es deia que havia cavalcat un drac alat, que podia domar les onades de l'oceà només amb la mirada, que sabia com fer-ho perquè la fusta florís... i moltes més coses.

La veritat? La vaig descobrir amb el temps, si bé alguna cosa en els seus ulls em deia que podia haver cavalcat un drac, i tant que sí! I que aquelles històries havien de ser reals! De tota manera, la Tomelilla no en va presumir mai. Era una persona molt discreta i molt sàvia, potser la més sàvia de totes les Bruixes de la llum.

Era tot un honor treballar per a ella. I ben aviat vaig poder comprovar que també havia estat una sort.

El Roure Encantat

Fairy Oak era un poble encantador. Les cases de pedra tenien balcons i jardins florits, amb parets recobertes de móres i roses silvestres. Els habitants eren gairebé tots molt atents, i hi havia molts, moltíssims nens. Una cosa sobretot, però, el convertia en un poble ben especial: a causa d'un antic encanteri, o potser per la voluntat de les estrelles del Nord, Fairy Oak era l'únic lloc, de tots els mons reals i encantats, on humans, humans amb poders màgics i criatures màgiques vivien junts, barrejats des de feia temps en perfecta harmonia. Bruixes, fades, mags vivien a les cases de Fairy Oak com a ciutadans normals, i així se'ls considerava en aquella comunitat.

Els «Mags», com les bruixes i els mags solien anomenar-se, havien estat els amos inqüestionables d'aquelles terres molt abans dels «Nomags». I quan van arribar aquests, en comptes de lluitar contra ells, els van ajudar a establir-s'hi. El cap dels Mags va aconsellar al cap dels Nomags una vall tranquil·la que mirava cap al mar encalmat d'una badia àmplia i profunda.

Era la vall de Pratverd. El Mont Adum i els altres boscos l'arreceraven dels vents gèlids de l'est, i dos rius d'aigües cristal·lines feien que la terra fos verda i exuberant.

Era un lloc de somni. I, de fet, algú ja l'havia escollit com a lloc per viure: un roure! S'estava tot sol al mig d'una clariana i era l'arbre més gran que els homes haguessin vist mai. Però no era la grandària la seva característica més sorprenent: el Roure parlava! Més ben dit, per ser exactes, no callava mai. Tot el que li passava pel cap (si de cap es pot parlar) ho pronunciava en veu alta, com fan les persones soles.

El Roure va estar molt content de tenir finalment companyia. I així, Mags i Nomags van construir al seu voltant el primer poble de la regió, i en honor seu en van dir Fairy Oak, que vol dir precisament Roure Encantat.

Els anys van passar. L'aliança es va transformar en

amistat i ben aviat els dos pobles es van convertir en un de sol. El coneixement recíproc va donar uns resultats extraordinaris: els Nomags van ensenyar als Mags l'art de la pesca, l'agricultura, la cria d'animals i les matemàtiques, la història, la geografia...

Els Mags, per la seva part, van organitzar espectacles portentosos, en els quals van demostrar saber una increïble varietat de màgies i d'encanteris. I alguns d'aquests van ser molt útils per a la comunitat.

En dues coses no es van posar mai d'acord: en les ciències i en la medicina; en això, cadascú va mantenir sempre les seves idees.

Durant anys va ser un dels regnes més rics i alegres de tots els temps.

Fins que, una terrible nit d'estiu, van començar els atacs: no pas d'altres pobles, perquè no n'hi havia en aquelles terres. Va ser el Mal absolut qui va posar la banya en el regne de Fairy Oak. Un enemic sense rostre ni ànima, decidit a destruir pel plaer de destruir.

Al llarg dels anys, el poble de la Vall hi havia lluitat un munt de vegades i sempre l'havia derrotat. Jo era aleshores molt petita, vivia al meu regne, i tot el que en sé ho vaig aprendre més endavant, de la Tomelilla i... pobra de mi, de l'experiència.

De tota manera, quan vaig arribar a Fairy Oak, l'harmonia i la calma regnaven encara al poble i feia molts anys que no hi havia records de batalles.

En tot aquell temps, els estrafolaris costums dels Nomags s'havien barrejat amb els estrafolaris costums dels Mags i era gairebé impossible distingir els uns dels altres. Per exemple: la Ginestola Gill. Va desaparèixer una tarda d'estiu de la butaca del seu jardí. En el seu lloc va deixar una pilota de xocolata i una nota que deia: «Gooool!».

Què se n'havia fet, de la Ginestola Gill? Era una Humana, és a dir, una Nomaga, que, farta, havia marxat deixant al marit les dues coses per les quals ell sempre l'havia deixat de banda, la xocolata i la pilota? O bé era una bruixa que, per celebrar l'aniversari del marit, s'havia transformat en allò que ell estimava més? No es va saber mai: mentre els grans discutien sobre la qüestió, els petits es van menjar la pilota, i la Ginestola Gill no va tornar a donar explicacions.

Que la Lalla Tomelilla era una bruixa tothom ho sabia, i tothom se l'estimava. Era potser la ciutadana més honorable de Fairy Oak, i el respecte que li mostraven es reflectia en mi: rebia carícies i atencions de gairebé tothom. I això no és tot: com que els Mags de Fairy Oak que tenien nebodets allotjaven fades mainaderes com jo, també tenia moltes amigues.

Cadascuna de nosaltres es cuidava de futurs mags i bruixes. Les meves es deien Vainilla i Pervinca. Eren les nebodes de la Lalla Tomelilla, filles de la seva germana Dàlia Periwinkle.

La família Periwinkle

La senyora Dàlia sempre va ser molt amable amb mi; el seu marit, el senyor Cícero, era un Nomag una miqueta rondinaire però molt cortès. «Feli, les teves antenes interfereixen amb el senyal de la meva ràdio», em repetia sempre, «fes-hi alguna cosa, sisplau!».

Però què podia fer, jo? Les llargues antenes de les fades serveixen justament per a això, per captar els senyals! No els senyals de les ràdios, esclar, perquè aquests van arribar molt temps després, sinó els senyals d'ajuda, de perill, d'alegria... No me les podia pas tallar!

Pel que fa a les nenes, eren boniques com les flors que els donaven nom i gairebé sempre es portaven bé. Era la fada més afortunada del món.

Només una cosa pertorbava de tant en tant la meva estada a Fairy Oak: l'olor de sutge.

Ecs! A les grans ciutats era repugnant i pestilent, ho sabia, però per a mi, que provenia del Regne de les Rosades d'Argent, fins i tot la més lleu pudoreta grisa del poble m'arribava a molestar. Així, la Lalla Tomelilla em va regalar un pot de melmelada de móres, buit però encara olorós, que es va convertir en la meva caseta.

La mama Dàlia em va fer un llitet de pa que cada dia jo substituïa per un pa acabat de sortir del forn; en Cícero em va regalar una capsa de mistos buida, que vaig fer servir d'armari, i va transformar un rodet de fil de cosir en l'escriptori més bonic que una fada hagués tingut mai. Era una caseta molt petita, però per a mi era suficient. M'imagino que ja ho heu endevinat: nosaltres les fades mainaderes som grans, vull dir petites, com el palmell de la mà d'una criatura.

La casa de la meva família també era molt confortable i des del principi em va agradar. Vista des de fora, hauries dit que era una casa de tres plantes, però per dins tot era un pujar i baixar d'esglaons i escaletes que cruixien. Un veritable laberint.

Hi havia nou habitacions, però en semblaven cent. Totes comunicaven a través d'un complicat sistema de portes, escales i passadissos, i no n'hi havia cap que estigués al mateix nivell. Els sostres, el terra i els mobles de fusta creaven un ambient càlid i acollidor, sobretot de nit, quan encenien els llums i la llenya cremava a la gran llar de foc de la sala.

De dia, en canvi, les parets de pedra blanca i rosada reflectien la llum del sol, que entrava per les grans finestres i la casa s'il·luminava amb tons daurats.

Tot feia una olor forta de fusta, però una ensumada més atenta revelava que cada habitació tenia la seva olor particular: la cuina, per exemple, feia olor de pomes i de fusta d'auró; a la cambra de les nenes, en canvi, l'olor era de llapis amb molta punta i de mantega de cacau amb maduixes; l'estudi del senyor Cícero desprenia aquella bona olor dels llibres, el saló flairava de conyac, i l'habitació de la Tomelilla, de roba per estendre. Era fàcil orientar-se, només calia fiar-se del nas més que no pas dels ulls.

Vaig passar molts anys en aquella casa i en recordo cada instant, perquè van ser els més bonics i més intensos de la meva vida.

L'Hora del Conte

Cada nit, quan el rellotge de la Plaça tocava la mitjanit, les bruixes i els mags de Fairy Oak cridaven les fades mainaderes per saber què havien fet els seus nebodets durant el dia.

Nosaltres en dèiem l'Hora del Conte.

—Feli, surt de la melmelada, sisplau: és l'hora!

La Tomelilla m'esperava a l'hivernacle adossat a la casa, amb els estris de jardineria a la mà i els ulls com un punt d'interrogació (les bruixes ho saben fer!). Mentre jo parlava, ella lentament esporgava, regava, plantava en testos, arrencava flors marcides, netejava bé les fulles... Deia que així m'escoltava millor, i a mi m'agradava mirar-la.

Els primers anys van passar amb calma i tranquil·litat. Però cap al novè any alguna cosa va canviar. La Tomelilla tenia molta més curiositat pels detalls que poguessin revelar la més mínima ombra de màgia en les nenes. Normalment, les bruixes mostren els seus poders quan les dentetes premolars comencen a apuntar, i mai després que totes vuit hagin crescut.

I així, quan es van començar a entreveure els puntets blancs de la setena premolar de la Pervinca i la Vainilla va treure la sisena, la pregunta de la Tomelilla a l'Hora del Conte sempre era la mateixa: «Així què, Feli, han fet alguna màgia?». La pobra tieta de les nenes estava preocupada, i amb raó. L'article ABC Secció D núm. 23,5+6-1 del Reglament Màgic de les bruixes i els mags diu textualment:

S'estableix que els poders màgics dels mags i de les bruixes només poden ser transmesos exclusivament de tiets a nebots. La pena per als transgressors és el confinament de per vida al Bosc-que-Canta, sota la forma d'arbre o arbust amb arrels ben fondes al terreny.

Però hi havia excepcions, i una en especial preocupava la Lalla Tomelilla (postil·la *b* – article ABC Sec. D núm. 23,5+6-1 del Reglament Màgic):

Els bessons no poden heretar els poders màgics.

Ho enteneu? La Vainilla i la Pervinca eren bessones! Totes dues havien vingut al món el mateix dia, però amb una diferència de dotze hores exactes l'una de l'altra! Va ser un fet molt estrany.

Dues germanes gairebé bessones

El metge del poble havia previst que les nenes naixerien el 30 d'octubre. Així, puntual, aquell dia es va presentar a casa nostra amb la seva maleteta.

—Què, amic meu, estàs preparat? —va dir al senyor Cícero en entrar, mentre li donava un sonor copet a les espatlles.

—Oh, no sóc jo, és la Dàlia...

—Sí, Cícero, ja ho sé que és la Dàlia la que ha de donar a llum. Et deia si estàs preparat per ser pare. Et veig una mica esverat, eh? És comprensible, però. I bé, on és la futura mare?

En Cícero va acompanyar el doctor Penstemon Chestnut a l'habitació de la Dàlia, on també l'esperava la Tomelilla, i va tancar la porta. Ell i jo ens vam quedar fora i ens va semblar que el temps no passava.

Havíem recorregut el passadís amunt i avall mil i una vegades, quan tot d'una la Tomelilla va treure el cap fora de l'habitació i va dir:

—Ja està!

En Cícero es va aturar de cop, va encendre's la pipa (que ja estava encesa) i amb les mans a la butxaca va començar a picar a terra amb un peu mirant fixament davant seu.

El rellotge de la xemeneia va tocar el primer repic de la mitjanit i... a la mitjanit i un segon clavat del 31 d'octubre...

—És una nena! —va cridar el metge—. I està molt bé!

—Fiuuuu! —En Cícero va deixar anar el primer sospir d'alleujament del dia i, finalment, es va deixar caure en una butaca.

—Vaig a veure-la —va dir.

No cabia a les ales de l'emoció. La Dàlia tenia la nena entre els braços i somreia.

—Felicitats, senyor Cícero! És preciosa! —vaig dir—. Té els cabells de color canyella i la pell clara i vellutada com la llet. Els ulls, però, no es veuen, perquè els té tancats i... que no la sentiu? Xiscla com una àguila.

Quan la Tomelilla va aixecar la criatura, em vaig adonar d'un detall tan simpàtic que vaig volar a explicar-ho al senyor Cícero en persona.

—Té una petita taca de color pervinca a la panxeta i...

—...i la Dàlia et fa saber que, si estàs d'acord, li agradaria posar a la criatura el nom de Pervinca! —va dir la Tomelilla. Havia aparegut a la porta de l'habitació i aguantava la nena. El senyor Cícero es va quedar ben parat.

—Mentre hi penses, ocupa-te'n —va fer la Tomelilla tota decidida, posant-li la Pervinca entre els braços—. La seva mare ha de donar a llum una altra criatura —i, en dir això, va desaparèixer un altre cop a la sala de parts.

Tothom va tornar als seus llocs. En Cícero, com jo, va continuar caminant amunt i avall amb la Pervinca, que, als braços del seu pare, s'havia adormit.

El germanet, però, trigava a presentar-se.

Al cap d'una hora ens vam començar a preocupar, tot i que el metge, un vell mag expert i pacient, ens va dir que estiguéssim tranquils, perquè el nen s'estava esperant a veure la llum. I ho deia en el sentit literal de la paraula: el petit s'esperava per néixer quan el sol estigués ben alt al cel.

I, així, just al migdia d'aquell mateix dia, la Vainilla va venir al món. Exhaustos, però més que contents, vam brindar pel feliç esdeveniment amb una copeta de licor de carbassa exquisida, que la Tomelilla havia preparat per a l'ocasió.

Després, amb calma, vaig anar a admirar l'última a néixer.

S'assemblava molt a la Pervinca: tenia el mateix nasset arromangat, la mateixa bella forma de la cara i, com ella, pesava tres quilos i deu grams exactes. Però a diferència de la seva germana, la Vainilla tenia els cabells del color del pa i els ulls oberts de bat a bat al món. No tenia taques a la panxeta, m'hi vaig fixar bé, i en comptes de plorar i xisclar, la triganera somreia a tothom.

Li van posar Vainilla perquè... És una història divertida que un dia us explicaré. Ara convé saber només que, així que la Pervinca va veure la seva nova germaneta, es va posar tota vermella i va cridar:

—BABÚ!

No crec que tingués cap intenció de fer-li un compliment, però des d'aleshores la Vainilla va ser anomenada afectuosament Babú.

El que ara és important recordar és que la llei dels Mags no admet que les germanes bessones siguin bruixes!

Amb tot, la Lalla Tomelilla encara tenia esperances: potser dotze hores de diferència eren prou perquè fos una ex-excepció, és a dir, l'excepció de l'excepció a la regla: si dos bessons no són bessons perfectes, llavors poden heretar els poders de les bruixes.

Vés a saber. Perquè de les ex-excepcions no t'has de fiar mai.

Volar és una màgia

No recordo bé què em vaig inventar en aquells dies per tranquil·litzar la Lalla Tomelilla. El temps passava, les nenes creixien i cada dia estaven més boniques, però no s'hi veia ni el més mínim rastre de màgia. Gairebé els havien sortit totes les dents premolars, i malgrat això la Vainilla i la Pervinca continuaven comportant-se com nenes Nomagues: es llevaven tard, sobretot la Pervinca, eren capritxoses a l'hora de vestir-se i sempre feien un petó a tothom abans de sortir. A l'escola, per variar, es barallaven amb la Scarlet Pimpernel (paraula de fada, era impossible no fer-ho!), estudiaven amb el nas enfonsat en els llibres i l'esquena torçada com una branca, s'enamoraven bojament dels noiets guapos i en el temps lliure jugaven i reien amb les amigues, sobretot la Vainilla, la més alegre i afable de totes dues. I, ho he d'admetre, la meva preferida.

Val a dir que també m'estimava molt la Pervinca, però el seu caràcter una mica rebel i l'espurna d'inquietud que de vegades li brillava als ulls me'n mantenien a un puntet més de distància.

A banda d'això, eren dues nenes encantadores. I, aix, del tot normals. Si més no, així ho creia fins a la tresmilvuitcentesvuitantaquadragèsima nit...

Oh, me'n recordo prou bé, perquè va ser aleshores que tot va canviar.

Era una càlida nit de juny. Dels prats arribava l'olor intensa de l'herba tallada i el lleu cant dels grills. La Dàlia havia tret les mantes dels llits de les noies, la xemeneia ja estava ben neta i la Lalla Tomelilla s'havia posat el seu davantal de lli blau.

Anava de camí a l'hivernacle i, mentre volava d'habitació en habitació, repassava el meu conte: volia fer-lo emocionant i per primer cop vaig pensar a afegir-hi alguna petita «llicència» que ajudés a consolar la meva bruixa: «Aviam... Avui la Pervinca s'ha despertat d'hora i... uhm... s'ha despertat... cantant! Això, sí, cantant una melodia que... havia de ser per força màgica, perquè ha cridat l'atenció dels ocellets i també de les papallones i... I la Babú? Ella també ha fet sens dubte alguna màgia als... als cabells! Això mateix: quan s'ha llevat semblaven verds, vull dir, blaus, no... daurats. Sí, brillaven amb una llum daurada. I després a l'escola...»:

Estava pensant precisament com donar una mica de color a les hores de classe, quan la Tomelilla em va sorprendre venint-me a trobar a la porta de l'hivernacle...

—I què, Feli? Avui han fet alguna màgia? —em va preguntar a boca de canó. No estava preparada.

—No —vaig dir oblidant totes les meves bones intencions—. Malauradament, no. No ha passat res d'extraordinari. A les set, com sempre, ha sonat el despertador, la Vainilla no l'ha sentit, la Pervinca li ha llançat el coixí i la Dàlia ha cridat «És l'hora de llevar-se!», la Vainilla ha baixat del llit, ha volat a posar-se les sabatilles i...

CRAC!

El meu relat va ser interromput per un soroll eixordador.

—Ostres, mareta! Quin ensurt! Què... què ha passat? —vaig exclamar verda de por.

El test més bonic de xuclamel del jardí havia relliscat de les mans de la Tomelilla i s'havia trencat a terra en mil bocins. En comptes de desesperar-se, la Tomelilla em mirava amb els ulls exclamatius i la boca ben oberta. Va intentar dir alguna cosa. La seva mandíbula, però, no va voler saber res de tornar-se a tancar i els sons es van tornar incomprensibles.

No l'havia vist mai així! Vaig començar a amoïnarme, quan de cop ella es va posar a saltar i ballar entre els testos, tot cantant:

La Babú ha volat, la Babú ha volat:
els poders ha heretat!
Vola, vola, vola, criatureta,
el món ha heretat
la meva jove bruixeta!

Era fantàstic, veure-la així. Finalment jo havia pronunciat la frase que ella feia anys que esperava. Si ho hagués sabut!

Vull dir: si hagués sabut abans que això era el que esperava, l'hi hauria dit de seguida, perquè ja feia temps que la Vainilla volava!

Suada i esbufegant, la Tomelilla va parar de donar voltes davant meu, i amb els ulls mig tancats em va preguntar:

—I la Vi?

Ah, sí. L'art d'esporgar els noms de la Lalla Tomelilla també havia arribat a la Pervinca.

—La Pervinca, no —vaig contestar, amb una mica de por.

—La Vi no ha volat? Què vols dir, que he transmès els meus poders només a una de les nenes? Que estrany —va dir observant-me amb un ull exclamatiu i l'altre interrogatiu, tant que no sabia pas a quin mirar.

—Estic realment contenta per la Babú —va dir—, però ara la Vi encara em preocupa més. La seva última dent ja gairebé ha sortit del tot, és qüestió d'hores, potser demà mateix...

—Ho sé —la vaig consolar—, ho sé.

—Però la Babú finalment és una bruixa... —va continuar ella fent un sospir.

—Tot fa pensar que sí...

—I ha volat.

—Oh, sí.

—Per primer cop.

—Oh, no.

—No és el primer cop? —va exclamar girant-se de sobte cap a mi.

—B... Bé, no. No exactament, vaja...

—I quan va volar per primer cop?

—Fa... fa alguns anyets? Aviam...

—Alguns anys???

Vaig notar que se'm desinflaven les antenes.

—La Babú fa anys que vola i tu no me n'havies dit mai res??? —Se m'acostava amb els ulls en forma de drac i el rostre morat. Quan una Bruixa de la llum es posa furiosa és capaç de fulminar-te, si bé després et demanarà disculpes (perquè les Bruixes de la llum són amables), però després. De manera que jo retrocedia, ensopegant amb les ales, amb les fulles i les branques. Fins que vaig topar contra el vidre fred de l'hivernacle. Estava atrapada.

Em vaig tapar amb els braços i vaig tancar els ulls esperant el zas.

Va passar un segon. Després un altre, i un altre més...

Com que no passava res, em vaig decidir a obrir un ull: la Lalla Tomelilla era davant meu i em mirava fixament. Amb els braços plegats i la cara seriosa, però almenys havia tornat al seu color habitual.

—Ja prou d'aquestes escenes, saps que no et faré res —va dir, i va abaixar una mà perquè hi pugés.

Vaig pensar: «Potser prefereix menjar-se'm!».

En canvi, em va deixar en un test, sobre un prat tou de flors blaves.

—En el fons no tot és culpa teva —va dir mentre s'asseia al balancí i deixava anar un dels seus llaaaargs sospirs.

—Des del principi vaig donar per fet que sabries reconèixer els senyals, que series capaç de veure aquells petits gestos especials que només fan les joves bruixes, gairebé sense adonar-se'n, poc abans de la seva revelació definitiva. Vés a saber per què, estava segura que us ho ensenyaven a l'escola, però és evident que m'equivocava. Ara, sisplau, explica'm bé el que ha passat avui, i sobretot el primer dia en què la Babú va volar.

Estava a punt d'obrir la boca quan...

—Un moment!

La Tomelilla em va tornar a interrompre.

«Ara què he fet?», vaig pensar, preocupada.

—Sifeliçtuseràsdirmhovoldràs —hi va tornar—, abans de continuar, sisplau, vés a l'estudi, agafa el diccionari i llegeix mil cinc-centes vegades el significat de les paraules «res» i «extraordinari». Cal que eliminem qualsevol possibilitat de confusió. Ara m'ha vingut el dubte que potser no les saps utilitzar adequadament: una nena que vola, Feli, no és exactament «res d'extraordinari». Si una nena vola, o s'ha empassat un globus o bé és una bruixa —va concloure.

És la llei de les fades: si algú et crida pel teu nom sencer, i sense equivocar-se, has d'obeir. Per això els escollim tan llargs i complicats.

Però jo ja sabia què volien dir «res» i «extraordinari», i aquell dia no havia passat res d'extraordinari. La Vainilla volava ja feia algun temps. Només que... jo em pensava que volar era natural!

Bé, podia haver sigut pitjor. La Tomelilla hauria pogut empipar-se com una mona i llavors sí que adéu Bruixa de la llum i benvinguda Bruixa de la foscor... Zas! Zas! Zas!

Vaig tornar a l'estudi dient en veu alta el significat de la paraula «extraordinari». La Tomelilla estava col·locant bé els testos i va somriure. Amb una mà va donar-se uns copets a l'espatlla: vaig anar a seure allà, sobre el seu xal suau. I amb calma vaig continuar el meu relat.

El vol de la Babú

El primer vol de la Babú? El recordo perfectament, va servir per saltar els graons de casa. La Vainilla tornava d'escola i caminava lentament, xutant les pedretes pel carrer. Absorta en els seus pensaments, va arribar davant de les escales de casa, va agafar fort les corretges de la cartera i, com un angelet de dent de lleó endut pel vent, es va enlairar; va fer una breu voladeta cap a la porta i va aterrar suaument a l'estoreta, de puntetes com una ballarina.

No va dir ni una paraula, ni tan sols es va sorprendre una mica. Va obrir la porta i va entrar.

No la va veure ningú, a part de mi. Però jo vaig considerar del tot natural que pugés els esglaons d'aquella manera, fins i tot als vuit anys!

—Tenia vuit anys... —va comentar la Tomelilla amb un fil de veu.

—Sí, i des d'aleshores ha volat cada dia.

—Cada dia?

—Exacte, petits vols. Per guardar un llibre al prestatge més alt de la biblioteca, per posar a l'hora les agulles del rellotge de pèndol, per tornar un ocellet al seu niu. I alguna vegada, quan està descalça, va volant cap a les sabatilles per no tenir fred als peus.

—Com aquest matí? —va preguntar la Tomelilla.

—Exacte!

—Com pot ser que la Vi no n'hagi dit mai res a cap de nosaltres?

Sense saber-ho, vaig donar la pitjor explicació possible.

—La Pervinca no ha vist volar mai la Vainilla.

—Mai???

—Ara que hi penso, és ben estrany, sí, però cada vegada que la Babú vola, la Pervinca està mirant a una altra banda —vaig afegir, inconscient.

—Oh, no! —es va sobresaltar la Tomelilla—. És molt mal senyal! Pel que em dius, sembla que la màgia estigui excloent la Pervinca. Però com pot ser? Va néixer primer, i per tant hauria d'haver estat la prime-

Volar és màgic

ra... si no és que... No, no, no no! Seria un desastre, una veritable catàstrofe.

—El què, seria una catàstrofe? —vaig preguntar, amoïnada.

—Feli, si la Babú és una bruixeta i la Vi no, les dues germanes hauran de separar-se. Les joves bruixes reben una educació especial, diferent de la de les nenes sense poders. Els Nomags no poden conèixer els ritus, els encanteris, les arts secretes de les bruixes: està prohibit que una bruixeta i una Nomaga creixin a la mateixa casa! —De cop i volta, la Tomelilla havia abaixat la veu, com si algú estigués escoltant.

—Com bé saps, correspon a les tietes educar les nebodes: et pots arribar a imaginar què passaria si la Babú i jo haguéssim de marxar?

Vaig titubejar. La Vi i la Babú separades, el pitjor del pitjor!

No, no podia fer-me'n a la idea. Vaig intentar tranquil·litzar la Tomelilla i a mi mateixa.

—El Temps és un mag poderós —vaig dir amb tota la convicció possible—, només ell sap què passarà. Deixem que faci la seva feina, hem d'esperar.

Aquella nit no vaig poder aclucar l'ull. Si hagués explicat de seguida a la Tomelilla que la Babú volava, potser ella hauria pogut ajudar la Pervinca fins que fos el moment. Ara, en canvi, per culpa meva, l'última esperança de veure fer una màgia a la primera que havia nascut estava a punt de desaparèixer per sempre més.

Em vaig girar i regirar en el meu llitet pensant en el dia que acabava de passar i buscant un senyal, una pista que m'hagués pogut passar per alt. Amb el pensament, ho vaig recórrer tot des del principi, des que havia sonat el despertador.

Aquell matí...

DRIIING!!!

El despertador de la Vainilla va esquinçar el silenci a les set, puntual com sempre. I, com sempre, va provocar un ensurt de mort a tothom. Excepte a la Babú, naturalment. Ella va continuar dormint com un liró. Ningú de nosaltres entenia com podia no sentir aquell terrabastall. La Pervinca dormia protegida per una gran prestatgeria plena de llibres. El llit de la Babú, en canvi, quedava en un buit entre les parets de fusta de la seva petita habitació. El sostre de volta del seu raconet creava una caixa harmònica perfecta: semblava que sonés una orquestra, en comptes d'un despertador. Tapant-me les orelles, vaig voler sortir de la meva caseta, però la Vi, fent una de les seves bromes habituals, havia enroscat, vés a saber quan, el tap del pot.

—Babúúú, desperta't! —vaig sentir que cridava des del seu llit—. Mama! La Babú no apaga el despertador!

—Vinga, nenes, lleveu-vos! —va cridar la Dàlia des de la cuina.

—Obriu-me! Obriu-me! —vaig xisclar jo dins del pot.

—Tresor, on són els meus mitjons blaus i per què ningú no apaga aquest guirigall??? —va cridar el senyor Cícero des del dormitori.

Però ningú no era capaç de despertar la Babú.

Cap al desè truc, la Pervinca va perdre la paciència. Vaig veure com apuntava a la seva germana i com aquesta rebia una bona coixinada. Finalment, encara amb el coixí a la cara, la Vainilla va allargar una mà cap a la tauleta de nit i va posar fi a aquell rebombori.

—Renta't les orelles, Babú! —va grunyir la Pervinca.

—Prrrt! —va fer ella com a resposta.

Com que a la Vi li agradava mandrejar al llit fins a l'últim minut, la seva germana sempre s'havia de rentar la primera. La Babú va fer, doncs, una voladeta fins a les sabatilles i es va ficar al lavabo.

—Puc posar-me el teu veftit de floretef? —va preguntar-li amb la boca plena de pasta de dents.

—NO! —va bramar la Vi girant-se de l'altra banda.

—Per què?

—Perquè el vestit de violetes me'l vull posar jo.

—Noméf te'l volf pofar perquè te l'he demanat!

—Pensa el que vulguis!

—I fi ja me l'haguéf pofat?

La Pervinca va deixar els llençols, disposada a estovar la seva germana, però en veure-la encara en pijama, es va limitar a avisar-la:

—Ni se t'acudeixi, Babú. I deixa'm dormir!

—Vainilla! Pervinca! Sisplau, obriu-me! —vaig cridar picant amb els punys contra el vidre del pot, però res: la Pervinca continuava roncant i la Vainilla va desaparèixer dins l'armari buscant alguna cosa que li combinés. Resignada, em vaig asseure al llitet i vaig esperar amb paciència.

—Si no us lleveu ara mateix, faré que pugi el pare! —va amenaçar la mare des de les escales.

«Oh, tant de bo! Així m'obrirà», vaig pensar. Però just aleshores (nosaltres, les fades, tenim una oïda molt fina) vaig sentir el senyor Cícero que protestava en veu baixa...

—No em facis servir com l'ogre, Dàlia, i aprèn a imposar-te una mica sobre les nenes.

Estava convençuda que em passaria el dia tancada allà dins. Però en canvi...

—On és, la Feli? —va preguntar de sobte la Babú, mirant al seu voltant. Oh, finalment algú se'n recordava de mi!

La Pervinca es va aixecar del llit com una molla.

—Òndia! La vaig tancar ahir a la nit al seu pot i després me'n vaig oblidar! ARA VINC! ARA VINC, FELI!

Vaig sentir girar el tap i l'aire fresc sobre meu. Però no em vaig moure, ni tan sols vaig aixecar la vista.

—Estàs molt empipada? —va preguntar la Vi fent una veueta trista.

No vaig contestar. Pot semblar un contrasentit, però de vegades el silenci comunica millor que moltes paraules. I, en efecte, la Pervinca encara es va preocupar més.

—Sisplau, digue'm alguna cosa, Feli! No volia tenir-te tancada tant de temps, però em vaig adormir. Surt, pren una miqueta l'aire.

Va ficar la seva maneta dins el pot i em va aixecar delicadament.

—Estàs bé? —em va preguntar—. No has patit gaire, oi?

—Està viva? —va preguntar la Babú, acostant-se.

—Esclar que està viva, beneita.

—Viva, però molt ofesa. A mi em sembla que no et vol parlar més, i tindria raó.

La Pervinca va adoptar un to suplicant:

—M'he equivocat, ho sé. Prometo que no ho faré més i... mira! Li deixo el meu vestit de violetes a aquesta pesada. Ho has vist? Ara em vesteixo de seguida i sortirem puntuals. D'acord, Feli? Que em parlaràs, sisplau?

—BORINOT DELS BORINOTS, això és el que ets! —vaig exclamar revifant-me de cop i volta—. Si m'ho tornes a fer et trinxaré ben trinxat el nas quan dormis, Vi, i no t'ho dic pas de broma!

A dos quarts de vuit, les nenes van baixar a la cuina. La Pervinca duia una brusa de cotó de color fosc que li havia fet a mà la Dàlia, i pantalons amb farbalans que li havia brodat jo.

La Vainilla, en canvi, portava un vestit suau de xenilla color blau cel i, als peus, sabates de roba lleugera.

El vestit de violetes havia quedat penjat finalment a l'armari.

Mentre sucaven el pastís de roses al cafè amb llet, la Dàlia els va donar els típics consells. Més una...

—Agafeu les invitacions per a la festa d'aniversari de la tia Tomelilla i repartiu-les discretament als vostres amics, els que hi ha a la llista —va dir—. Vaja, que no cal que vingui tot el poble, d'acord?!

A la Tomelilla, la idea de convidar tota aquella gent a la seva festa no li havia agradat gens ni mica.

—Massa gent, massa xerrameca! La mateixa gent, la mateixa xerrameca! —havia remugat. I malgrat tot, normalment les festes li agradaven. No li feien gràcia les xafarderies, això sí, i encara menys els xafarders.

Però aquell matí hi havia alguna cosa més que l'amoïnava. La seva amiga Prímula Pull feia alguns dies que tenia un singlot espantós. La pobreta tenia uns atacs tan forts que se sentien a vint metres de distància! Una bona murga, d'acord, però què tenia a veure amb la festa? L'explicació de la Tomelilla va ser estranya i misteriosa.

—Sí que hi té a veure! —va dir, en un to gairebé irritat—. Imagina't aquelles dues xafarderes, la Petula Penn i l'Heura Dhella, les coses que li arribaran a dir! Ximpletes i cregudes. Tu creus que recorden què va passar l'última vegada que la Prímula va tenir singlot? I ara! No recorden res, i segur que no saben comptar. Com, d'altra banda, tothom en aquest poble, que no compta mai els anys que passen! Demà farà cent vint-i-un anys exactes. Has vist algú que se'n preocupi? Ningú! La gent només pensa en la festa com si allò no hagués passat mai. Bah, no diré res, només encreuaré els dits.

Per què parlava així, la Tomelilla? Feia cent vint-i-un anys de què? I sobretot, què havia passat, aquella vegada que la senyora Pull havia tingut singlot? No ens ho va dir.

Vam agafar les invitacions i a les vuit en punt vam sortir per anar a escola.

Dàlia Periwinkle

El Capità Talbooth i les delicadeses

El temps havia empitjorat i els núvols amenaçaven pluja.

Les nenes es van ficar les invitacions a les butxaques de les capes i vam enfilar la pujada.

—Passem a buscar la Flox i la Desdevent? —va preguntar la Babú.

—Sí, esclar! —vaig respondre.

—Això si arribem a temps... —va intervenir la Pervinca—. Faig un pas endavant i dos enrere. Quan hi ha aquesta boira, les pedres del carrer rellisquen com el sabó...

UAAAH! Que caaaic.

No li faltava raó, a la pobra nena. Les velles pedres blanques dels carrers estaven tan gastades i llises que quan plovia podies arribar al port sense caminar. La Babú hauria pogut volar, com jo, però la Pervinca... no estava segura que se'n sortís. De manera que vaig dir:

—Camineu arrambades a la paret, relliscareu menys.

El carrer pujava fins a una placeta, al mig de la qual un pomer feia ombra a una petita font. Els jardins més antics de Fairy Oak donaven precisament sobre aquella plaça i eren verds i ufanosos. El més exuberant de tots pertanyia a la casa de la Flox Pollimon, la millor amiga de les nenes, i la Desdevent, la seva fada mainadera (i la meva millor amiga). Normalment ens esperaven assegudes a la vora de la font i després fèiem juntes el camí cap a la vella Escola Horace McCrips. Aquell dia, però, la tieta de la Flox ens va dir que havien sortit més d'hora per por que els agafés la pluja.

—Us ho havia dit —va dir la Pervinca.

Vam pujar els vuit graons de pedra que de la placeta, passant per sota d'un arc humit, duien al carrer principal, i vam girar a l'esquerra, cap a la plaça del Roure.

Havíem avançat uns metres quan vam sentir un gran xivarri que provenia de la Plaça.

—Filibusters ganduls! Això és el que sou! —cridava—. Sempre amunt i avall, malmetent-ho tot i molestant els qui treballen. Toqueu el dos! Fora! —El vell Capità Talbooth devia haver ensopegat una colla de noiets entremaliats, m'hi hauria jugat alguna cosa!

Els joves de la Vall sovint es divertien prenent el pèl a aquell vell mariner somiatruites: ell deia que havia estat el capità d'un vaixell de debò i que havia capturat pirates per tots els mars del món, encara que ningú no se'l creia. Però tothom se l'estimava, fins i tot els nens. Només els més petits li tenien por, perquè el Capità era gros com un armari, amb una barba espessa, blanca de sal, una boca esdentegada enorme i veu de gralla.

Tenia la panxa tan rodona que semblava que s'hagués empassat una síndria. També per això els nois se li'n burlaven. A aquella hora, pels carrers de Fairy Oak n'hi havia molts, i la feina que tenia el Capità Talbooth, per treure-se'ls de sobre.

—I vosaltres dues, on aneu a tota vela? —va preguntar esquerp, adreçant-se a les noies.

—Anem a l'escola! —li va contestar la Pervinca amb aire desafiador.

—A l'escola? HA! HA! HA! —En Talbooth va esclatar en una sorollosa riallada i les nenes ho van aprofitar per comptar-li les dents de la boca: una! Una sola dent, llarga i estreta.— Aquesta sí que és bona! —va continuar el Capità—. Ara les noies també es cultiven. Al meu temps, les dones s'estaven a casa treballant al teler i cuinant bacallà. Tenen el cap massa petit, si els l'omples de coses grosses com la matemàtica, la història i la geografia, t'arrisques que se'ls esclafi el cervell! I convé que hi circuli l'aire allà dins —va dir assenyalant el cap de les nenes— i que hi arribi una mica d'oxigen! —El Capità Talbooth va tornar a esclafir una altra riallada seca que aviat es va transformar en una tos sense fi. I així, tossint, es va allunyar.

Per sort havíem sortit d'hora de casa i encara ens podíem aturar a la botiga de les delicadeses dels senyors Burdock per comprar l'esmorzar. La Babú s'hi va tirar literalment a dins.

DING-DONG!

—Bon dia, senyor Burdock. Com va tot, avui? —va preguntar.

—Bon dia a totes —va contestar el senyor Burdock

aixecant els ulls del llibre de comptes—. La Marta està acabant de fer els pastissets de maduixes que tant us agraden, si us espereu un minut.

—Ja estan! —va dir aleshores la senyora Burdock sortint de la rebotiga amb una enorme safata flairosa. La Babú se'n va llepar els dits. En canvi, la Pervinca va continuar examinant els pastissos a l'aparador, dubtant què demanar.

—Crec que tastaré això —va dir, finalment, indicant un bunyol amb xocolata encara calent.

—Estàs feta una gurmet! —se'n va alegrar el senyor Burdock ficant el pastisset a la bosseta, i va afegir—: A en Grisam el tornen boig!

La Babú va fer uns ulls com unes taronges.

—Oh, aleshores jo també en vull! —va exclamar, tornant el pastisset de maduixes a la senyora Marta. La Pervinca li va dirigir una mirada divertida.

—Per cert, on és en Grisam? —vaig preguntar distretament.

—Tenim una invitació per a ell.

—Aquest gandul? Juraria que deu ser a la Plaça jugant a pilota, en lloc de córrer cap a l'escola. —El senyor Burdock va marcar el compte a la caixa.

—Tu no vas voler que una fada mainadera se'n

Pervinca Periwinkle

cuidés, ara de què et queixes? —el va renyar la seva dona.

—És un noi, Marta, no li cal cap fada —va replicar el senyor Burdock, esquerp—. Sense voler ofendre, Feli —va afegir adreçant-se a mi.

Li vaig fer un somriure.

—Si tingués una fada, com tothom —va continuar la senyora Marta—, sabríem on és i què fa, i jo estaria molt més tranquil·la.

—Jo no vaig tenir cap fada i el meu germà Duff tampoc. Estàvem fets uns tarambanes, però sempre ens en vam sortir prou bé, Marta! Sense voler ofendre, Feli.

Vaig tornar a somriure.

—Ara hem de marxar —vaig dir—. No us amoïneu per en Grisam, és un bon noi, amb el cap ben posat, no em sembla pas un tarambana. Sense voler ofendre, senyor Burdock.

Vaig picar l'ullet a la mare d'en Grisam i vam sortir.

La nena amb el ratolí

La Plaça bullia de nois i de fades: n'hi havia que compraven llibretes; d'altres s'entretenien jugant amb la pilota a la paret, xerrant, intentant escapar-se per no anar a l'escola.

Quan vam voler continuar el camí, tot d'una la Babú, sense dir paraula, es va allunyar de nosaltres. Pensava que havia vist algú que coneixia, potser en Grisam. En canvi, com si estigués hipnotitzada, va passar per sota el Roure sense ni tan sols saludar-lo, va avançar en un moment tots els grups de noiets i finalment es va aturar davant la botiga de brodats, on una nena jugava sola.

Jo ja havia vist la seva carona, però no estava segura de qui era.

—Que la coneixes? —li vaig preguntar al Roure. Normalment coneixia a tothom.

I, efectivament...

—Sííí —va respondre amb la seva veuota lenta i cavernosa, típica dels roures.

—ÉS LA FIIILLA DE L'EEESCULTOOOR. ES DIIIU SHIRLEY POOOPPY... BOOONA NOOOIA, SÍÍÍ...

La Shirley Poppy! Ho sabia! No era amiga de les bessones, més ben dit, la Babú no la coneixia gens ni mica. La Shirley no vivia al poble, però corrien molts rumors sobre ella. Era una nena molt bonica, amb una cabellera vermella que envoltava la seva cara rodona, completament coberta de pigues. Tenia els ulls grossos, brillants i negres com caramels de pega dolça. I somreia a tothom, també a qui no coneixia. Amb ella sempre hi havia un gos valent i un ratolí, assegut en una espatlla i que no deixava mai de mirar-se la llengua. On els havia vist abans? Vés a saber... En qualsevol cas, sense acostar-m'hi gaire vaig poder sentir el que es deien les nenes. I al principi no es van dir res de res.

La Shirley estava jugant al Castell de Guix i la Babú es va aturar a mirar-la, al costat del dibuix traçat a terra.

Van passar alguns segons, després la nena va posar algunes pedretes a la mà de la Vainilla i amb un gest amable la va convidar a jugar. La Babú va saltar a

La Shirley Poppy, el Barolo i Mr. Berry

la primera casella, després a la segona, la tercera, la quarta... Finalment, saltant a peus junts a l'última casella, va exclamar:

—Fet! La Vainilla és al tron del rei!

—Has vist, Mr. Berry? Ara et toca a tu —va dir aleshores la Shirley, adreçant-se al ratolí.

Mr. Berry es va mirar la llengua.

—Li encanten els caramels de nabius —va explicar la noieta—. Se'n pren capses senceres, però no es resigna a tenir sempre la llengua blava. Jo espero la meva tia Malva, que és a la botiga. Em dic Shirley. I aquest és el Barolo —va dir indicant el gos.

A la Babú aquells tres li van semblar la repera!

—Hola, Shirley, Mr. Berry, Barolo —va dir fent una divertida reverència.

Mr. Berry va continuar contemplant-se la llengua. El Barolo, en canvi, va tornar la salutació amb una bona remenada de cua i un saltet.

Va ser una trobada increïble. La Shirley i la Babú semblava que es coneguessin de tota la vida. Més ben dit, semblava que fossin amigues abans fins i tot de presentar-se. Però, paraula de fada, ni tan sols s'havien dit «hola» abans d'aquell dia.

Mentre esperava el seu torn per jugar, la Vainilla va centrar tota la seva curiositat en la Shirley.

—D'on véns, no vius al poble, oi?!

—No, visc al Boscdeldavant, a l'altra vall, a prop del far d'Aberdur —va explicar la Shirley recollint els guixos.

—Quina sort! És un dels meus llocs preferits. Hi vaig a omplir-me d'esquitxos quan hi ha tempestes de mar. Però no t'he vist mai allà —va continuar la Babú, tota animada—. I on vas? A l'escola?

—No vaig a l'escola. El professor Rannock Moor em fa classe. El coneixes?

La Babú va rumiar una mica.

—Uhm... no l'he sentit anomenar mai.

Van xerrar i van descobrir que tenien moltes aficions en comú: els animals, les flors blaves, el vent, els llapis de colors, els castells en ruïnes... Però no les tempestes de mar. A la Shirley no li agradaven, al contrari, els tenia veritable pànic.

—Em fa por que el mar se m'endugui —va dir en veu baixa.

Per això la Babú no l'havia vist mai als esculls.

—Un dia et portaré a veure les gavines que juguen amb els corrents i ja veuràs com t'encantarà, i no correràs cap perill! —li va prometre. Aleshores es va recordar de la festa.— Demà és l'aniversari de la nostra tieta i ella sempre ens deixa convidar algun amic a la seva festa. Que voldràs venir? Vivim al carrer dels Ogres Baixos, a la casa de les roses blanques —va dir.

—De debò que puc? Seria fantàstic, no, fantàstic no, més que fantàstic, seria... —Jo hauria dit supermegagenial. La Shirley, en canvi, va dir:— Genial! No et sembla genial, Mr. Berry?

Va abraçar la Babú i li va estampar un petó a la galta.

—Gràcies —va contestar la Babú, una mica sorpresa.

Qui sap per què la Shirley estava tan contenta de participar en aquella festa privada. Al seu lloc, la Vainilla s'hauria estimat més anar a la platja d'Arran. Allà, cada any, el 22 de juny, els mags i les bruixes de la Vall feien demostracions d'encanteris refulgents i els més grans encenien fogueres altíssimes. Allò sí que era divertit!

La Pervinca surt a la pissarra

Vam arribar a l'escola mitja hora després que sonés el timbre! La Pervinca estava enfurismada. I la professora Margarida de Transvall, mestra de matemàtiques i ciències, encara ho estava més.

—Pervinca Periwinkle, surt a la pissarra! —va dir amb la seva veu aguda, abans d'asseure'ns al pupitre.

Em van tremolar les antenes. No per por que la Pervinca no anés preparada (al contrari, li agradava estudiar), sinó perquè amb els anys havia après que alguns professors semblen experimentar un plaer subtil posant els seus alumnes en dificultats. I madame De Transvall era sens dubte un d'aquests. Qui sap què s'inventaria per fer caure la Vi a la trampa.

—Et faria res explicar als teus companys què passarà demà? —va preguntar, ajustant-se les ulleres daurades al nas.

Des de la vora del regle on m'asseia, vaig veure la Pervinca que es tornava blanca com el paper. A casa havien dit que fóssim discrets amb allò de la festa, i ara la mestra li demanava que en parlés davant de tota la classe?

—Pervinca, el solstici d'estiu! S'havia d'estudiar per avui.

El solstici! Ostres, i tant! Vam sospirar alleujades: el 21 de juny se celebra el solstici d'estiu.

—El solstici. Sí, sí, m'ho he estudiat —va respondre la Vi ara més calmada, tornant a recuperar els colors—. Vejam... Una antiga màgia astronòmica fa que el 21 de juny el sol es trobi a la seva màxima altura al cel de l'hemisferi nord i a la mínima en el de l'hemisferi sud... —va començar, segura.

—M'estimaria més que diguessis «fenomen» astronòmic, no pas màgia —la va interrompre la mestra.

—D'acord —va respondre ella, tranquil·la—. Una antiga màgia astronòmica, que a l'escola preferim anomenar «fenomen», fa que el 21 de juny el sol del nord i les estrelles del sud celebrin, respectivament, el dia i la nit més llargs de l'any. I entre danses, cants, encanteris i processons de torxes, aquí a casa nostra se celebra l'arribada de l'estiu.

La De Transvall li va posar un vuit, però, paraula de fada, es mereixia més!

Quan va sonar l'hora del pati, totes tres vam anar al lavabo de les nenes per organitzar el repartiment d'invitacions.

—Hem d'evitar com sigui que ens vegi la Scarlet Pimpernel. Ho has entès, Babú? —insistia la Pervinca.

—Almenys m'ho has dit unes vint vegades, Vi. Jo tampoc no vull aquella esgarriacries a la festa!

No convideu tot el poble!

La Scarlet Pimpernel era la filla de l'alcalde. «Normal», hauria dit un habitant de Fairy Oak: la família Pimpernel era una de les més antigues de la regió i els Pimpernel s'havien succeït en el càrrec d'alcalde de generació en generació. Gestionar els assumptes dels altres, doncs, era des de sempre una de les seves funcions principals. I semblava que la Scarlet havia heretat l'habilitat de família. Tenia deu anys i no era una bruixa. El seu nom significa «Prímula Vermella».

A Fairy Oak només les criatures màgiques tenen noms de flors, però ella, per sort, de màgica no en tenia res. El nom l'havia rebut en herència de la Scarlet-Violet Pimpernel, una parenta bruixa molt llunyana que, una nit, durant una terrible tempesta, havia desaparegut en el no-res i s'havia endut amb ella els últims poders màgics dels Pimpernel.

Segons deia tothom, era una gran sort que la Scarlet no fos una bruixa: amb el mal caràcter que tenia, hauria estat un perill per a tota la comunitat! Només la Tomelilla la defensava: «Amb uns pares així, és tot un miracle que aquesta noieta no mossegui!», repetia sovint. «La seva mare no para de cridar tot el sant dia, i amb aquells rul·los al cap que porta i la crema de faisà a la cara, fins i tot espanta el seu marit. Potser per això l'alcalde sempre té un humor d'ogre!».

Per evitar tant com fos possible el risc de tenir la família «Ogres-cares-de-faisà» a la festa, la Vi i la Babú van decidir donar les invitacions durant l'hora del pati: enmig de la confusió general, cridarien menys l'atenció i seria més fàcil trobar els convidats.

La Vainilla va donar les seves targetes al jardí i la Pervinca es va encarregar de la sala de jocs i dels passadissos. Van acabar en menys d'un quart i tot va anar segons els plans. Estaven a punt d'entrar un altre cop a classe quan la Babú es va trobar cara a cara amb ella, la Scarlet Pimpernel!

—Periwinkle U, què és aquesta història de la festa?

—va cridar la Scarlet amb la cara vermella com un pebrot.

Se n'havia assabentat! Però a través de qui? I com? En veure que la Babú es quedava en silenci, la Scarlet va treure la invitació de la Flox Pollimon i la va agitar amenaçadorament sota el seu nas.

—Que ets sorda, potser? Què és això?! —va insistir, cada cop més vermella.

Si jo no fos tan petita, ja li hauria picat la cresta, a aquella ogressa que gosava cridar les meves nenes pel número! Havia començat durant els primers anys d'escola: llavors, si es posaven una gorra o una caputxa, era impossible distingir la Vainilla de la Pervinca, de manera que la Pimpernel havia començat a anomenar Periwinkle U la que ensopegava primer i Periwinkle Dos la que ensopegava després. Però ara ja feia anys que era fàcil distingir les nenes, només mirant-les a la cara.

—A mi em sembla la invitació de la Flox Pollimon —va contestar la Babú.

—Exacte! És la invitació de la Flox. Me l'ha donat a mi perquè ella... no podrà venir. Jo, però, vull saber on és la meva invitació. Per què no la tinc? Eh? Per què???

—Perquè no has sigut convidada —va arribar seca la resposta.

No pas de la Babú, però. Davant d'algú que cridava, la Vainilla preferia quedar-se callada i esperar que passés la «tempesta». La Pervinca, en canvi, que ho havia sentit tot des de les finestres del passadís, havia vingut corrents a plantar cara a aquella fera. La petita Vi sabia inspirar respecte, sí senyor!

—Hi... hi deu haver un error... —va replicar la Scarlet.

—Oh, no, no és cap error! —va continuar la Pervinca—. Ho veus? No hi ets —va repetir ensenyant-li la llista dels convidats.

—Aleshores explica'm per què el meu nom, i el de la meva il·lustre família, no és a la llista, Periwinkle Dos! —va tornar a l'atac la Scarlet.

Veient com renyava la seva germana, la Vainilla va fer el cor fort.

—Em permets que t'ho expliqui jo? —va preguntar aixecant una mà, com es fa a l'escola quan vols que la mestra et vegi—. Estimada Scarlet, no ets a la llista perquè sabem que participaràs en una altra festa molt, però molt més important que la nostra. O no és pas una tradició dels Pimpernel, reunir-se per celebrar tots

Els convidats

- Flox Polimon
- Celastre Buttercup
- Cecília Buttercup
- Francis Corbirock
- Grisam Burdock
- Cloudy Bugle
- Acant Bugle
- Tommy Corbirock
- Nepta Rose
- Cicerbita Blossom
- Billie Ballatel

plegats el Solstici d'Estiu amb un gran sopar de gala? El vulgar aniversari de la nostra tieta segur que no és res comparat amb un esdeveniment tan prestigiós.

La Scarlet es va estarrufar com una gallina.

—Primer punt, bufona, el sopar és de supergala! Segon punt, no vindria a la vostra festeta ni que m'ho demanéssiu de genolls. Tercer punt, adéu! —Va girar el nas i se'n va anar.

La Babú i la Vi es van picar l'ullet. Havien aconseguit desempallegar-se d'aquella xafardera! Però havien infravalorat la Scarlet Pimpernel: aquella estranya nena, dit i fet, en ben pocs minuts va escriure centenars d'invitacions idèntiques a les nostres i les va repartir a tota l'escola. No era una manera de dir: era a tota, tota l'escola!

I va armar un bon ciri!

A fora, els nens de Fairy Oak i els seus pares van agrair a les germanes Periwinkle que els haguessin convidat a la festa.

La Vi i la Babú, perplexes, van intentar que els tornessin algunes targetes amb excuses rocambolesques.

—Em sap greu, la festa s'ha suspès, la meva mare té la pesta groga!

—La meva tieta ha transformat el meu pare en un dinosaure i no en recorda l'antídot. De tota manera, si vols venir...

Fins i tot el Roure va intentar ajudar-les.

—QUEEE NO HEEEU SENTIIIT QUÈÈÈ HAAAN DIIIT LEEES BESSONEEES? VINGAAA, TORNEEEU LES INVITACIOOONS... —va bramar amb aquella veuota, traient amb les branques les invitacions de les mans dels no convidats.

Però a Fairy Oak els rumors s'escampaven com l'aigua entre les roques. Així, no era difícil preveure que, entre les targetes i el boca-orella, tot el poble es considerés convidat!

La Tomelilla s'enfilava per les parets:

—Què us havia dit jo? Val més que fem invitacions màgiques, llegibles només pel qui ha estat convidat, però que desapareixen en mans d'un intrús... Però no, en Cícero i la Dàlia van voler fer-ho a la seva manera... «Millor fer invitacions NORMALS», van dir. «Trobo que és més educat...». Molt bé, fantàstic! Ara, que obrin educadament la porta a cent convidats...

La bruixa mesurava amb llargs passos l'hivernacle, brandant enlaire les tisores i els guants de jardiner.

—No ens esverem —va dir de sobte amb la veu

més calmada—. Demà també hi ha la festa a la badia: Arran estarà il·luminada de dia pels focs i pels encanteris de les bruixes; hi haurà balls, llumetes a l'aigua, dracs de foc, cants... Sempre ha atret tothom. De manera que tranquils, no vindran, si més no a centenars... Feli, em sabries dir quantes invitacions deuen circular?

—Em sembla que unes tres-centes, si fa no fa.

La Tomelilla va estar a punt de desmaiar-se al balancí.

—Esperem que no plogui!

Primer, la pluja...

Però va ploure. I a bots i barrals. Mentre ajudava la Dàlia a preparar la sala, vaig veure la Tomelilla que pujava de la Cambra dels Encanteris tota preocupada.

—És estrany que el nostre meteoròleg no pronostiqués aquesta pluja, no us sembla? Temo que no hi haurà Festa del Solstici —va dir, mirant fora la finestra.

—Pararà aviat —va respondre la Dàlia eixugant el terra: el vent empenyia la pluja entre els marcs de les finestres, i la casa estava plena de draps i galledes.

—Saps que la Prímula té singlot des de fa una setmana? —va sospirar la Tomelilla, amoïnada.

—Pobreta, deu ser una tortura —va comentar la Dàlia distretament.

—Sí, una tortura —va dir la Tomelilla. I, com si volgués apartar un pensament trist, va afegir:— A quina hora arribaran els hostes?

—A la invitació deia que es presentessin a les tres.

—És d'aquí a una hora. Creus que vindrà tothom?

—Espero que no. En Cícero està muntant l'envelat al jardí, però si ve tot el poble ni amb això no en tindrem prou.

El senyor Cícero va tornar en aquell moment.

—Ho deixo córrer —va dir desanimat—. Aquest vent és massa fort i s'està acostant una tempesta —va afegir traient-se l'impermeable xop.

La Tomelilla va mirar a fora: la pluja picava contra els vidres, i a l'horitzó queien els llamps.

—Una tempesta del tot imprevista, oi? —va comentar la Tomelilla movent les mans. I al cap d'un moment va afegir, sospirant:— El ratolí de la Shirley Poppy torna a tenir la llengua blava.

—Torna a tenir, dius?! Sempre té la llengua blava, no para de menjar nabius tot el dia! —va contestar la Dàlia una mica impacient.

—I la Malva ha sortit per segon cop a comprar fil de cosir, m'ho ha dit la Feli.

—Potser se li ha acabat. Què et passa, Tomelilla? Aquest matí vas deixant frases a mitges!

—Que se li ha acabat?!? Saps perfectament que la tieta de la Shirley ve a Fairy Oak un sol cop a l'any i només per comprar fil de cosir. A més, no sembla que faci altra cosa, fa deu anys que cus, només el cel sap què. No, no crec que se li hagi acabat. Més aviat penso que ha anat a agafar provisions. Sap que ben aviat sortir a fora ja no serà segur...

Aleshores, l'estrèpit d'un tro va fer tremolar la llum i un soroll terrible va arribar del jardí.

—El llamp ha caigut sobre el vell om! —va cridar la Pervinca des de la seva habitació.

—Oh, no! —La Dàlia va córrer a la finestra: el llamp havia arrencat de soca-rel el gran om del jardí i l'havia tirat a terra. Les fulles jeien immòbils sota la pluja.

—El nostre gegant... Oh, quin greu, Lilà, tenia dos, tres...

—Molts segles —va dir la Tomelilla al seu costat.

Es van quedar mirant a fora en silenci durant una estona.

Després, sense girar-se i amb veu calmada, la Tomelilla va tornar a parlar:

—Estimada, t'he de dir una cosa...

—Sembla seriosa. Què passa? —va dir la Dàlia eixugant-se una llàgrima.

—La Babú ja vola.

—Ja ho sé. La Feli va venir a la nostra habitació de bon matí a explica'ns-ho —va contestar la mare de les bessones tornant a agafar el drap. Semblava que no li interessés.

—No vull esverar-te ara —va continuar la Tomelilla—, però tard o d'hora haurem d'afrontar la qüestió. Si la Pervinca no fos...

La Dàlia no la va deixar acabar.

—T'ho demano, Tomelilla, ni ho insinuïs! No separarem les meves nenes! Si la Pervinca no és una bruixa, trobarem una solució. Ara, sisplau, para de dir coses estranyes o m'angoixaràs.

Es va girar, alguna cosa gotejava darrere seu.

—Vainilla, porta una altra galleda, plou fins i tot al costat de la calaixera —va cridar, posant fi a aquella estranya conversa.

—He perdut un llapis, mama! —va dir la Babú entrant a la sala amb la seva vella galledeta de platja—. Deu ser fora, xop i tot sol. L'anem a buscar? Crec que ja sé on és... Davant de la casa de la Flox. Sisplau...

—Oh, tresor. Demà hi anirem. Ara estem esperant els convidats.

—Si no vindrà ningú, amb aquesta pluja...

La Vainilla encara no havia acabat de parlar que algú va trucar a la porta.

BUM, BUM, BUM!

—Qui pot ser, a aquesta hora? —es va preguntar la Dàlia, preocupada.

—Tenint en compte l'aigua que s'acosta, un monstre marí —va comentar la Babú dirigint-se cap a la porta. Dintre seu, esperava de tot cor que fos algú que havia trobat el seu llapis. Però, en canvi...

—No em sembla pas un dia de platja! —va sentenciar la Scarlet Pimpernel, en veure la galledeta que duia la nena—. Ens deixaràs entrar o no?

La Vainilla es va fer a un costat, incapaç de dir una paraula, i la família Pimpernel al complet va entrar.

—Qui hi ha? —va preguntar la Tomelilla—. Oh, mare meva, els Pimpernel! —se li va escapar quan els va veure.

—Els Pimpernel??? —La Dàlia, en Cícero i la Pervinca es van mirar incrèduls.

—Hauria preferit el monstre marí! —va murmurar la Vi entre dents.

Després d'aquell primer moment de sorpresa, la tieta Tomelilla va adoptar un aire solemne i, com a bona mestressa, fa fer passar els convidats a la sala.

—Quina sorpresa veure-us! Vull dir... Heu vingut abans d'hora, i amb aquest mal temps... Mireu-vos, si aneu tots ben xops, pobrets!

Després, els Pimpernel...

Dir que la Scarlet i els seus pares estaven xops és poc!

El barret de la senyora Pimpernel se li havia enganxat a la cara i el vestit, ara completament transparent, deixava entreveure la cotilla que l'estrenyia a la cintura com una salsitxa. L'impermeable havia protegit una mica la roba de la Scarlet, però les sabates regalimaven aigua i un llacet blau li gotejava sobre l'ull dret. El que estava pitjor, però, era l'alcalde. Semblava una figa madura: duia la camisa enganxada a l'americana, i totes dues havien baixat cap als pantalons, que s'havien donat tant que el pobret se'ls havia d'aguantar amb les mans i tot i així se'ls anava trepitjant. Li faltava una sabata.

—Se me l'ha endut una onada —va remugar.

La familia Pimpernel

Una onada? La Dàlia es va quedar de pasta de moniato.

—Ajudeu-lo a treure's la pell, vull dir..., a treure's la roba! —es va corregir ràpidament. I les nenes es van posar a riure.

—Aneu a buscar unes sabates per a la Scarlet. I un parell de mitges, vinga! —les va renyar la Tomelilla.

La Dàlia també va portar alguna cosa per a l'alcalde i la seva dona.

—Heu sigut molt amables de venir. Però haver d'aguantar aquesta tempesta...

—Sobretot tenint en compte que ningú no els havia convidat! —van rondinar les nenes, escollint les sabates més lletges que tenien per deixar a la Scarlet.

Li van portar unes mitges de llana violetes espantoses i un parell de vells sabatots marrons. Si li haguessin donat un cop de puny a l'ull no l'haurien ofès tant. La Scarlet va dir que s'estimava més continuar amb la roba que duia...

—Per mi com si les voleu llençar al foc!

—Pitjor per a ella! —va murmurar la Pervinca.

La Tomelilla va fer seure els Pimpernel al sofà.

—M'heu de perdonar el desordre, però aquesta pluja realment ho ha complicat tot...

—Que és vella, la teulada? —va comentar amb malícia la senyora Pimpernel, observant amb cara de fàstic les galledes a l'habitació.

—No és vella, és antiga! —va puntualitzar en Cícero—. Aquesta casa té més de sis segles! —va dir ben empipat.

La mare de la Scarlet va arrufar el nas.

—Ja deia jo que sentia una lleugera olor de... florit! Tu no la sents, estimada Dàlia? —va dir dirigint-se a ella, i després va afegir—: I també de cremat! Que teniu alguna cosa al foc?

—Oh, no, Adelaidde, és la llar de foc! —va contestar la Dàlia amb un somriure—. A l'hivern sempre la tenim encesa i els mobles s'han impregnat de l'olor del foc. Però veient el temps que fa, què et sembla, Cícero, si la tornem a encendre ara? Fa una mica d'humitat, oi?

En Cícero va estar encantat de tenir una excusa per allunyar-se de la senyora Cara-de-faisà. Ja li costava suportar-la quan no parlava, imagineu-vos quan feia córrer la llengua amb aquella seva veueta aspra. I només per dir maldats!

Va agafar el cove per a la llenya i es va aixecar per anar a omplir-lo, però quan va obrir la porta, una manta gegant el va envestir i gairebé el fa caure. Efectivament, una manta xopa d'aigua havia entrat dins la casa a tota castanya, havia picat contra la paret i havia caigut a terra.

—Què dimonis... —En Cícero, a poc a poc, en va aixecar una vora i...

—Grisam! —va dir la Babú cridant d'alegria.

Sí, en Grisam Burdock, el petit mag d'ulls blaus que li agradava tant a la Vainilla! I no estava sol! De sota la manta va aparèixer la família Pollimon gairebé al complet. Només faltaven la tia Hortènsia i la fada Desdevent.

—Us volíem fer una broma —va explicar la Flox—, però el papa ha ensopegat i ho ha espatllat tot! També la meva rosa! L'havia portat per a tu, Lalla Tomelilla, et volia fer un regal.

—Oh, és una rosa preciosa, Flox! Ets molt amable! —va respondre la Tomelilla agafant-la per la tija.

—Si no li queda ni un sol pètal —va replicar la noieta, observant desencantada la tija d'espines.

—Com que no? Mira... —La Tomelilla va bufar la tija i...

—Uau! —va fer la Flox meravellada. Els pètals blancs havien tornat a aparèixer i formaven una suau corol·la blanca com la neu.

—La tieta Hortènsia no sap fer màgies com aquesta! Ho vaig a explicar a la mama! —La jove Pollimon va marxar saltironant contenta cap a la sala, fent xipxap amb les sabates mullades.

—Que me les puc posar? —va preguntar agafant les mitges i les velles sabates destinades a la Scarlet.

—I tant que sí, bonica —li va contestar la Dàlia. Ella i en Cícero havien portat més roba i algunes tovalloles.

—No havíeu d'haver sortit amb aquest temps, Rosie, però estem contents de veure-us.

—Era impossible retenir la Flox a casa ni un segon més! —va respondre la Rosie Pollimon, la mama de la Flox—. Des d'ahir que es moria de ganes de venir a la festa. Va perdre la invitació i li feia por que no la deixéssiu entrar.

La Babú i la Pervinca van intercanviar una mirada de complicitat i van córrer a fer un petonet a la Flox-del-cor-d'or.

La Scarlet Pimpernel, en canvi, la va mirar amb menyspreu: havia sigut ella qui li havia arrencat la invitació de les mans de la Flox, i ara aquella estúpida la protegia. Per què? Amb una excusa es va aixecar del sofà i va anar a tafanejar per la casa.

—I la tieta Hortènsia, on és? —va preguntar la Tomelilla.

—Oh, deixa-la, és a casa amb la Desdevent. No us puc reproduir què ens han dit quan hem marxat, totes dues n'estaven completament en contra! —va explicar la senyora Pollimon.

—Tenen una mica de raó, sembla la fi del món! —va contestar el seu marit Bernie—. Els pares d'en Grisam estan intentant salvar la botiga de les delicadeses de l'aigua que l'ha inundat, però en tindran per estona!

La Tomelilla semblava molt preocupada, i amb una excusa va baixar a la Cambra dels Encanteris.

Finalment, la foscor

—On aneu? Els nens volen apagar les vostres espelmetes! —vaig dir volant darrere la meva bruixa. La Tomelilla semblava que no em sentís: es va posar el barret dels encanteris i va començar a consultar un gran llibre titulat *Màgies negres i negres presagis*.

—Vejam... presagis... presagis... presaaagis... Oh, és aquí: «PRESAGIS DEL SOLSTICI D'ESTIU»! Capítol primer: «PRESAGIS IRRELLEVANTS»: «Boira purpurina», no... «Esternuts que fan fer bots», tampoc... «Cua arrissada de gat pelat», no, no, no és cap d'aquests... —Va baixar amb el dit unes quantes ratlles i va continuar llegint:— «PRESAGIS ALARMANTS»! Quins deuen ser? A veure: «Pluja de sol», no, no té res a veure... «Mal de queixal de bruixa esdentegada», tampoc... «Orelles dreçades de bacallà sord», i ara!, tampoc són aquests. M'ho temia. Només queda llegir en els... Per tots els ogres de la Vall! —va exclamar—. Falta justament el capítol dels «PRESAGIS TRÀGICS»! Algú n'ha estripat la pàgina!

Un soroll eixordador va envair la Vall i va fer tremolar la casa de dalt a baix; i un estrany vent, vingut de qui sap on, va apagar el canelobre a l'habitació.

—Maleïda tempesta! —va remugar la Tomelilla.

Va fer petar els dits i el canelobre es va tornar a encendre. Però aleshores vam sentir un crit al pis de sobre.

—LA MEVA NENAAA!

Vam pujar escopetjades escales amunt i vam trobar la senyora Pimpernel desesperada.

—La meva Scarlet... Se n'ha anat la llum i quan ha tornat, ja no hi era!

—N'estàs segura, Adelaide? Jo l'he vist sortir de la sala fa una estona. Potser deu ser a dalt... —va intentar tranquil·litzar-la la Tomelilla encara amb el barret dels encanteris al cap (amb les presses s'havia oblidat de treure-se'l!)—. Heu provat de cridar-la?

—Et dic que ha desaparegut! Sóc la seva mare i certes coses una mare les sent! —va dir la senyora Pimpernel a punt gairebé de plorar.

—Noies, pugeu a buscar-la. Jo miraré a l'estudi i tu, Dàlia, dóna una ullada a la cuina, sisplau —va ordenar el senyor Cícero.

—En aquest laberint de casa, segur que s'ha perdut, pobra criatura! —va ploriquejar la mare de la Scarlet.

Ens vam dispersar per totes les habitacions. Els nois s'ho van prendre com si busquessin un tresor i s'ho van passar la mar de bé.

—Scarletteta, que ets aquí? —preguntaven amb una veu insolent trucant a tot allò que trobaven: portes, finestrons, calaixos i baguls, i després es posaven a riure. No era gaire exemplar, ho admeto, però la Scarlet Pimpernel no era una nena simpàtica, i segur que no estava en perill.

Si més no això pensàvem fins que, al cap d'un quart, ens vam tornar a trobar tots al punt de partida sense que hagués aparegut. La dona de l'alcalde estava negada en llàgrimes i la Dàlia no sabia com consolar-la. On era, aquella nena?

De cop i volta, la Pervinca va tenir una intuïció.

—Ja sé on és! —va exclamar. Es va agenollar davant la porteta de sota l'escala i va cridar fort:

—Scarlet, ets aquí dins?

—Sí, obre'm de seguida! —es va sentir la resposta des de l'interior.

La veu de la Scarlet amb prou feines se sentia, però el to era ben clar!

—No et puc obrir, has girat la clau —va tornar a cridar la Pervinca a la porta—. Has d'obrir tu!

—Ja ha parlat el geni! Si pogués obrir des d'aquí ja ho hauria fet, no et sembla?

L'instint de la Pervinca, aleshores, va ser deixar que la senyoreta Scarlet es podrís on era fins a l'hivern següent. Però aquell era el seu amagatall i calia fer fora els «escarabats»!

—Gira la clau en sentit contrari a les hores, com si volguessis tancar... —va explicar la Pervinca—. Després treu la clau i estira la porta cap a tu d'un cop sec!

De l'interior van arribar alguns sorollets. I, al cap d'un moment, clac, la porta es va obrir!

—Filleta meva, qui t'ha tancat aquí dins? —va preguntar la senyora Pimpernel abraçant la seva filla.

—I per què ha d'haver sigut algú? —va replicar en Cícero, empipat com una mona.

La Scarlet va muntar el numeret: va dir que s'havia perdut i que en sentir el tro, espantada, s'havia amagat allà sota i després no havia sabut sortir-ne.

La Vainilla i la Pervinca eren d'un parer diferent: segons elles, aquella tafanera havia ficat el nas al seu cau secret a posta i s'hi havia quedat tancada. S'ho mereixia!

I amb la foscor, els trons

Allò que va fer posar tothom d'acord va ser el pastís d'aniversari de la tia Tomelilla: un pastís de crema gros com la roda del timó d'un vaixell i, delícia de les delícies, cobert fins dalt de tot de maduixes silvestres que les nenes havien collit el dia abans. Com era costum a la família Periwinkle, els nens es van disposar al voltant del pastís i van bufar les espelmetes. La Dàlia en va oferir un tall a tothom, però quan la Pervinca hi va clavar queixalada va fer un xisclet de dolor.

—UIX! —va dir, fregant-se la galta.

La Tomelilla es va posar una mà al cor i jo també: l'últim premolar de la Pervinca havia punxat la geniva. L'esperança que la nostra Vi fos una bruixa s'estava esvaint inexorablement. Un altre tro, més fort que l'altre, va apartar la bruixa dels seus pensaments i va estar a punt de fer-me caure de la seva espatlla.

—Caram! Aquest ha caigut a prop —va dir la Dàlia amb un somriure que es notava que era forçat. El seu intent de rebaixar la tensió, però, no va tenir gaire èxit: el vent s'havia intensificat, i portes i finestres havien començat a udolar sinistrament.

A la senyora Pimpernel se li va escapar un gemec d'espant.

—No hi vull ni pensar, però aquest temporal s'assembla realment molt a...

La llum se'n va anar un altre cop.

La Tomelilla va fer petar els dits, però no va passar res. Ho va intentar unes quantes vegades més, però sense èxit: no tornava. I malgrat això, per a una Bruixa de la llum com ella, es tractava d'una màgia fàcil! Va mirar fora la finestra i va veure que la foscor s'havia apoderat de tota la Vall.

BUM, BUM, BUM!

Es va espantar, ens vam espantar tots. Algú trucava fort a la porta.

—QUI ÉS? —va cridar el senyor Cícero.

—Obriiiu! Per tota l'aigua dels abismes, de pressa, que m'ofeeego! —es va sentir cridar des de fora.

En Cícero va córrer a obrir, i en Duff Burdock, el tiet d'en Grisam, va caure literalment davant la porta. Regalimava aigua com si el mar li hagués entrat a la roba.

—Aquí fora està diluviant! —va dir, mentre en Cícero l'ajudava a aixecar-se.

—Dàlia, sisplau, vés a buscar una mica de roba, en Duff s'ha de canviar o agafarà una pulmonia.

En Cícero va portar el senyor Burdock a la cuina i tots nosaltres el vam seguir.

—Vine, et prepararé un te ben calent. Es pot saber què hi feies, allà fora, amb aquest temps de llops? —va preguntar, mentre tothom s'asseia al voltant de la taula per escoltar. Com que ara jo era l'única llum de la casa, vaig anar a seure a l'aranya del sostre i em vaig posar a escoltar-ho tot.

—Torno del port, Cícero, quin desastre! —va explicar el senyor Burdock—. La tempesta ha arrasat el moll al nord i la marejada ha arrencat totes les amarres. Algunes barques s'han estavellat contra les roques, d'altres se les han endut les onades. El Capità Talbooth ha estat a punt de ser engolit també: si no hagués sigut per en Card i en Meum, l'hauríem perdut. Molts mariners encara estan lluitant amb les

Vainilla Periwinkle

onades. És un desastre, com us ho dic, un veritable desastre.

La Dàlia va arribar amb la roba eixuta.

—Potser t'aniran una mica justos, però almenys estaràs calentó —va dir mentre li donava una camisa i uns pantalons.

El senyor Burdock era un mag alt com un sant Pau i la roba del senyor Cícero li anava ben bé un pam curta. Si algú l'hagués vist en aquell moment, hauria pensat que la pluja li havia encongit la roba.

—Em van perfectes, gràcies —va dir—. Bé, us he de parlar sens falta... a soles.

Vaig captar la indirecta.

—Veniu, nens —vaig dir—. Anem a jugar a dalt.

Vaig acompanyar els nens a l'habitació de la Vi i la Babú, i el senyor Cícero va tancar la porta de la cuina.

—A vosaltres de què us sembla que deuen parlar? —va preguntar en Grisam mentre pujàvem les escales.

—Bah, de coses avorrides de grans —va respondre la Flox allunyant els pensaments amb un gest.

—Sí, em penso que tens raó. Ei, encara tens l'aranya, Vi? —va preguntar el petit mag a la Pervinca.

—I tant! Ara te l'ensenyo —em va contestar ella corrent cap amunt.

Feia alguns anys, m'havia trobat una aranya minúscula i enfredorida. L'havia recollit i l'havia portat a l'habitació dins d'una capsa de cartó. L'aranyeta s'havia recuperat i havia teixit la teranyina entre els llibres a sobre del llit de la Vi. I ella n'havia estat molt contenta.

—Viviu amb una aranya a l'habitació? Quin fàstic! —va fer la Scarlet, aturant-se davant la porta—. Jo no hi entro!

—Doncs queda't allà —li va contestar la Pervinca acostant-se a l'aranya per ensenyar-la a en Grisam.

—Carai, com ha crescut! —va exclamar el jove, extasiat—. Què li doneu de menjar?

—Oh, la Rex menja de tot, és una golafre! Li donem mosques mortes, trossets de carn seca...

—Ara sí que vomitaré! —va dir la Scarlet.

—Si no fa res! Vaja, segur que ella et té més por a tu que tu a ella —va intervenir la Flox. La Scarlet es va arrambar a la paret cap al llit de la Babú.

—D'acord, entraré, però si es mou, et juro que li tiraré una sabata!

Mentrestant, la Babú s'havia quedat una miqueta a

part. Coneixia prou bé la Rex, i tot i que no era un dels seus animals preferits, la respectava i se l'estimava. Però ara semblava una mica gelosa de les atencions que els seus millors amics prestaven a la Pervinca i a la seva aranya. S'estava callada en un raconet, mentre la Scarlet xafardejava pertot arreu, convençuda que la Vainilla l'escoltava. Tot d'una, però, se li va escapar alguna cosa que de seguida va cridar l'atenció de la Babú...

—Sabeu que la filla del senyor Poppy és una gitana? —va dir—. Almenys això diuen, i jo crec que és veritat. L'heu vist, alguna vegada? És una pobrissona que du un ratolinot fastigós a l'espatlla i un...

—No és cap pobrissona, i Mr. Berry no és cap ratolinot! —va esclatar la Babú, vermella com un tomàquet—. Tu no en saps res de la Shirley, o sigui que renta't aquesta boca!

—Ui, que susceptible —va continuar la Scarlet amb una rialleta odiosa—, a veure si ho endevino, que potser us heu fet amigues? No em sorprendria...

La Babú estava a punt de clavar-li un bolet.

—No li facis cas... —va intervenir aleshores en Grisam—. Només vol fer-te enfadar.

els meus records

Dàlia Periwinkle

La nostra casa

Aquesta fotografia
es va fer
el 21 de juny,
una hora abans
que el llamp
partís pel mig
el vell olm.

Felí, la mainadera

En Cicero

La mama Dàlia

La Lilà
La nostra família
La Vainilla
La Pervinca

La Feli i la Babú

Juny '35

La mixeta Pam dormint

El despatx d'en Cícero

Escola Horace McCrips

La Pervinca a la pissarra

Pratverd

Àlbum núm. 1

—Tu no t'hi fiquis, Grisam Burdock! —va amenaçar la Scarlet.

En Grisam ni tan sols la va mirar. Es va posar una mà a la butxaca i en va treure una cosa molt petita.

—L'he trobat avui, crec que és teva —va dir posant allò a les mans de la Babú—. Te la volia portar abans, però amb aquesta pluja...

Era el que quedava del llapis, però la Vainilla ho va rebre com si fos una joia preciosa.

—Oh, Feli, mira, l'ha trobat! —va exclamar emocionada mentre me l'ensenyava. La Vainilla conservava qualsevol ploma, llapis (o restes de llapis), goma (o restes de goma) que hagués «viscut», encara que només fos uns minuts, al seu estoig. «Tots junts formen una família!», deia convençuda. «Pobra de mi si en perdés un». Li agradava que al final del dia tot estigués al seu lloc: les bicicletes al garatge, la roba estesa recollida, la família de plomes a l'estoig, els animals al seu cau, els ocellets als nius, els seus objectes a prop. Si algú o alguna cosa es quedava fora, si sentia bordar un gos o si una samarreta havia sortit volant, es turmentava tota la nit. I l'endemà al matí la seva mama i jo havíem de començar a buscar-la.

En Grisam no hauria pogut fer-li un regal més bonic! La Babú el va abraçar i l'ambient a l'habitació es va calmar. Entre la Rex i els jocs de les nenes, els nois van oblidar la tempesta i les històries dels grans. Però jo no.

Des del pis de dalt podia escoltar el que deien a la cuina, i el que sentia em feia posar els pèls de punta.

Els tràgics presagis

Parlaven en veu baixa, però les paraules m'arribaven clares...

—Em podria equivocar, esclar, només és una sospita —deia el senyor Burdock—, però els senyals són els mateixos!

—L'altre! —va exclamar la Dàlia—. Per dir coses estranyes ja tenim la Tomelilla!

Els senyors Pimpernel van balbucejar alguna cosa que no vaig sentir, però el senyor Burdock, en canvi, gairebé se'n va alegrar.

—O sigui que tu també tens sospites! —va dir dirigint-se a la Tomelillla—. Sort d'això! Em creia que estava sol. Tothom em diu que només és una tempesta, però jo penso que...

La Dàlia va perdre els nervis.

—Què és el que penses? Es pot saber quina ceba se us ha ficat al cap, avui? —va tornar a protestar.

—Deixa'l parlar, tresor, seu —va intervenir el senyor Cícero.

Aleshores, en Duff Burdock va treure un full, o així m'ho va semblar, perquè vaig sentir cridar la Tomelilla:

—La pàgina del meu llibre! L'has arrencat tu!

—Però, Lilà, que no te'n recordes? —va respondre el mag sorprès. (Va cridar la Tomelilla pel seu veritable nom, i això només passava en les situacions més greus!).— Me'l vas donar tu aquell dia, perquè aprengués a reconèixer els signes quan arribés el moment.

Vaig sentir la Tomelilla remugar alguna cosa com: «Sí, perdona'm, me n'havia oblidat».

—Vas ser la primera que va interpretar aquests senyals i va donar l'alarma —va continuar en Duff—. Però, malauradament, ningú no et va voler escoltar. I va passar el que va passar. Doncs bé, si he vingut aquí és per dir-vos que no podem tornar a repetir el mateix error de l'altra vegada, perquè em sembla que es tracta precisament d'això. Temo que... en fi, que... el Terrible 21 ha tornat!

En sentir-ho, l'alcalde va estar a un pas de caure de la cadira. Sé que era ell perquè vaig sentir la senyora Pimpernel que exclamava:

—PANCRAZIO, NO POTS PARAR MAI QUIET?!

Tots els altres, en canvi, es van quedar callats.

De sobte, la Dàlia va recordar les frases que la Tomelilla havia deixat anar durant el matí, i va començar a balbucejar:

—El... el singlot de la Prímula...

—Exacte! Va ser el primer senyal! —va confirmar el senyor Burdock—. Penseu-hi, no semblen trons els seus singlots? Els seus poders de bruixa van preveure la tempesta i volien avisar-nos. Just com va passar aleshores, us en recordeu?

—I la llengua del ratolí dels Poppy —va afegir la Dàlia.

—És blava! —va confirmar en Duff.

El senyor Cícero, però, va protestar: fins i tot ell coneixia la golafreria de Mr. Berry.

—Això no vol dir pràcticament res —va dir—. Des que la Shirley li permet menjar caramels de nabius, aquest ratolí té la llengua més blava que rosa!

—Tens raó —va intervenir la Tomelilla—, però tot i així des de fa alguns dies Mr. Berry es passa l'estona ensenyant-la a tothom! La Malva també s'hi ha fixat, per això ha sortit a comprar el fil de cosir.

—I després aquesta tempesta, que tu no havies previst, estimat Cícero, i que cap màgia és capaç d'aplacar —va afegir al final el mag Burdock, mentre mirava la Tomelilla als ulls.

Per uns moments es va sentir només el soroll de la tempesta, i tot seguit el pare de la Flox va parlar.

—Suposant que tingueu raó —va dir—, què podem fer?

—Hem de reunir la Summa Assemblea dels Mags! —va anunciar la Tomelilla.

—Jo també ho havia pensat. Però com la convocarem, tan de corre-cuita? I on? —es va preguntar en Duff.

—Si és cert el que temem, a mitjanit en punt haurà parat de ploure: serà la calma abans de la segona tempesta. Ens reunirem quan passi un quart de mitjanit al Bosc-que-Canta. Si, per contra, ens hem equivocat, i després de mitjanit continua plovent, ens en anirem a dormir ben tranquils! Us ho demano: no digueu res a les nenes! —va concloure la Tomelilla.

—D'acord, però com avisarem la resta de membres

de l'Assemblea? —Quedava clar que en Duff Burdock no s'estava oferint voluntari.

—Podríem enviar-hi la Feli! —va proposar l'alcalde.

Però quina idea més estrambòtica!!! Un esquitx de llum com jo enmig d'aquella tempesta! Ni somiarho. Me'n vaig anar volant a la butxaqueta de la Babú.

—Si algú em busca, no m'heu vist! —vaig dir.

—No, no podria, el vent se l'enduria —va observar la Tomelilla.

Vaig sospirar alleujada.

—El Telègraf de les Fades! Sempre ens ha funcionat! —va exclamar aleshores el mag Duff.

Era una idea sens dubte més raonable. Vaig sortir de la butxaca de la Vainilla i quan els vaig veure arribar...

—Estic preparada! —vaig exclamar, orgullosa de tenir un paper tan important.

Vaig pujar amb la Tomelilla i en Duff Burdock a la torreta, mentre tots els altres tornaven al pis de sota.

—A qui avisem primer? —va preguntar el senyor Burdock.

—A la Desdevent, la fada dels Pollimon —vaig respondre.

El Telègraf de les Fades

Em vaig acostar a la finestreta i vaig començar a fer senyals amb la meva llumeta. Els vidres estaven entelats i tapats per la pluja, i amb prou feines veia el meu reflex.

Ho vaig estar intentant durant un quart, però sense èxit.

—Em sembla que és inútil —vaig dir desanimada—, amb aquest xàfec no em veu.

—Continua transmetent, Feli, no et rendeixis! —em va encoratjar tothom amb el nas enganxat als vidres.

Vaig enviar senyals lluminosos durant mitja hora més, però de la casa dels Pollimon no arribava cap resposta.

De sobte, just quan havia decidit que ho deixaria estar, alguna cosa va brillar a la llunyania.

—És la Desdevent! —vaig exclamar.

—Transmet, Feli, de pressa!

Urgent!
A tots els Savis de la SAM
reunió extraordinària
al Bosc-que-Canta
a un quart passat de la mitjanit.
Veniu només si no plou

Firmat: L.T. i D.B.

La pluja feia molt complicada la comunicació, de manera que vaig haver de repetir el missatge moltes vegades abans que *Bufodotzebufadesdevent* l'entengués bé. Però, finalment...

—L'ha rebut! —vaig dir exhausta—. Ara només hem d'esperar.

La Desdevent, al seu torn, va transmetre el missatge a la Sobrelaflor, la fada dels Blossom. La Sobrelaflor va avisar la Piq; la Piq, la Detutú; la Detutú, l'Ètal, i així de casa a hivernacle, d'hivernacle a torreta, de torreta a porxo...

Lent però tenaç, el missatge va travessar la pluja il·luminant el poble. Fins que...

—Mireu! —va dir el senyor Burdock—. La Desdevent ens està enviant un senyal!

Vaig volar cap a la finestra: una llum llarga, dues de curtes, un centelleig, després un altre...

—Ha arribat! —vaig traduir—. Tots els Savis han rebut el missatge!

El Telègraf de les Fades havia funcionat i el senyor Burdock em va felicitar, i després va afegir:

—T'ho demano, dóna'ls les gràcies també de part nostra...

Va esmentar tots els noms sencers de les fades. A vosaltres, però, us vull recordar només les fades que encara avui m'estimo molt. I són:

Bufodotzebufadesdevent, anomenada Desdevent
Vetllosobrelaflorqueflorirà, o Sobrelaflor
Quatrepetalsalcorheportatperatú, per a tothom, Ètal
Notoelspolzesquepiquen, Piq
Menrecordaredetuturecordatdemí, per a nosaltres, Detutú

Eren fades petites i lluminoses com jo, i provenien de regions llunyanes.

Amb la seva valentia, però, van contribuir a salvar Fairy Oak.

El Terrible 21

El 21 de juny havia de ser el dia més llarg de l'any i en canvi s'havia transformat en nit. I quina nit!

Un cel negre s'havia abatut amenaçador damunt les cases; els núvols rugien i es recargolaven com dracs enfurismats llançant llamps, vent i calamarsa pertot arreu.

Murs d'aigua queien sobre el poble, fosc i devastat.

Tancats a la cuina, petits i grans seien al voltant de la taula i observaven desconsolats el vell rellotge penjat a la paret. Jo havia tornat a ocupar el meu lloc sobre el llum del sostre. Quant duraria tot aquell terrabastall?

—Ara pararà, ja ho veureu —deia la Dàlia de tant en tant, però fins i tot ella no hi creia gaire, i a més valia més esperar que la pluja no amainés. Si a mitjanit parava la tempesta, això voldria dir que en Duff i la Tomelilla tenien raó, que el Terrible 21 havia tornat, i aquesta vegada per quedar-s'hi!

El retruny dels trons feia tremolar la casa i els nois tenien por d'allunyar-se dels seus pares encara que fos per anar a prendre un vas d'aigua.

—Ja l'agafo jo —va dir la Dàlia mentre s'alçava.

De cop i volta, però, darrere seu una finestra es va obrir de bat a bat, el vent em va fer caure dins el gerro de terrissa i la foscor va envair l'habitació. En Cícero i el senyor Burdock es van aixecar per tancar els porticons, però el vent era massa fort i la finestra es va tornar a obrir.

—TRAIEU LA FELI DEL GERRO! —va cridar en Cícero—. Necessitem llum! —Ell i el senyor Burdock van intentar amb tot el seu pes mantenir la finestra tancada, però era inútil: per més grossos i voluminosos que fossin, la tempesta encara ho era més. A més a més, la pluja havia mullat el terra i els dos homes no paraven de relliscar.

—Potser amb un tauló i uns claus! —va cridar en Duff.

—Potser sí, però algú els ha d'anar a buscar! —va contestar en Cícero, completament xop.

Sí, però qui? La por s'havia encomanat a tots els presents, i a qui li venia de gust sortir a la foscor?

—Ja hi vaig jo! —va exclamar l'alcalde (guanyant-se l'agraïment de tres famílies d'un sol cop).

—Pancrazio, tu no et mouràs d'aquí! —el va renyar la seva dona agafant-lo d'una màniga. El senyor Pimpernel li va clavar una estrebada i a les palpentes es va dirigir cap a la porta.

No hi va arribar mai!

El soroll ensordidor d'un tro el va paralitzar tres passos més enllà. La porta de casa es va obrir de bat a bat davant seu i una figura fosca, xopa d'aigua i d'espant, va córrer cap a ell cridant:

—S'ha endut les bruixes! S'ha endut dues de nosaltres!

La Tomelilla va reconèixer l'Hortènsia Pollimon, la tieta de la Flox. Estava embolicada amb la capa i tremolava de por.

L'alcalde la va agafar un moment abans que ella caigués a terra.

—Qui? A qui s'ha endut? —li va preguntar, però l'Hortènsia semblava no sentir res. Pronunciava frases inconnexes i treia un pam de llengua a fora. Després, dos noms: Heura Dhella i Fragraria Fres. Amb

molt d'esforç va explicar que les havia vist sortir volant, endutes pel vent, cap al Mont Adum.

—La fortalesa d'Arrocar! —va murmurar la Tomelilla.

Va ser l'únic que va poder dir, perquè de cop totes les portes i les finestres de la casa van cedir a la fúria de la tempesta i un vent furibund va entrar a la nostra casa arrossegant tot el pitjor que havia arreplegat al seu furiós pas. Esbarzers, espines, fulles de card, bolets verinosos, fang, escarabats i fins i tot peixos semblaven seguir-lo com embogits, fuetejant, punxant, esgarrapant, mossegant i arrasant-ho tot.

—JA ÉS AQUÍ! —va cridar l'Hortènsia, abans de desmaiar-se sota la taula.

Va ser el caos total. I el terror.

Els escarabats van atacar la senyora Pimpernel: primer li van cobrir els peus, després se li van enfilar cames amunt.

—TRAIEU-ME'LS! TRAIEU-ME'LS! —cridava aterrida mentre el marit intentava alliberar-la.

A l'altra banda de l'habitació, una onada de fang i cucs estava submergint en Duff Burdock. Per sort, en Cícero va aconseguir deixar-li lliure la boca a temps perquè el mag pogués pronunciar l'encanteri que el va transformar en un horrible monstre devorafang.

Va ser aleshores que vam sentir cridar la Babú.

Un bon feix d'espines apuntava directament cap a ella i cap a la Flox. Vaig volar per ajudar-les, però el vent me'n va apartar lluny. Quan em vaig refer, vaig veure la Desdevent al costat de la Flox. Havia arribat corrents i estava defensant la seva nena, mentre la Babú ja tenia algunes espines clavades a la cama. Vaig sentir que el cor se m'encongia. Ella, però, en comptes de rendir-se o plorar, lluitava. I lluitava com una bruixa! A cop d'encanteri, transformava les espines que encara volaven en pètals de flors i en plomes, mentre la tieta Hortènsia, sota la taula, feia marcir les que havien escapat a la màgia de la Babú.

De sobte, vaig sentir pudor de cremat.

El rapte de la Pervinca

Vaig mirar al meu voltant i vaig veure que les grans cortines del saló cremaven.

—Foc! Foc! —va cridar en Grisam, però dos enormes peixos platejats el van bufetejar i els altres el van fer relliscar entre les flames. El fum va envair l'habitació.

Ja no veia res més, i vaig començar a esternudar.

Vaig esternudar i esternudar cent vint-i-sis vegades i... vaig apagar l'incendi (és un encanteri que només sabem fer nosaltres les fades!).

—GROAM! —va ser la felicitació del senyor Burdock. Els senyors Pollimon van córrer a ajudar el noi: tenia tota la roba socarrimada i bruta de sutge, però estava bé. Vaig sospirar alleujada i em vaig esperar que passés el perill.

Quan...

—Socors! —va cridar la Dàlia—. La Tomelilla està en perill!

Aprofitant el fum, els bolets verinosos havien atacat la meva bruixa i ara intentaven entrar a la seva boca.

—Tanca-la! Tanca-la! —li cridava la Dàlia, mentre amb l'ajuda d'en Cícero intentava treure-se'ls de sobre.

Un remolí de fulles de card va envoltar la bruixa punxant-la i esgarrapant-la: volien que, en cridar, obrís la boca!

—No cridis, Tomelilla! No cridis! Ara t'ajudem! —També havien acudit els Pollimon, però cada gest seu resultava inútil. Fent un gran esforç, la Tomelilla va aconseguir alliberar un braç de les fulles que ara l'embolicaven, i amb un gest màgic va transformar la seva boca en una flor. Ara ja no podia cridar! Els bolets i les fulles van caure de sobte a terra. I ràpida de reflexos, la Dàlia els va fer fora a cops d'escombra.

Va ser aleshores que van veure la Pervinca. El vent l'estava arrossegant, entortolligada en els esbarzers, enfora de la finestra.

En Duff també la va veure: es va empassar l'últim grumoll de fang i va córrer cap a elles. Tots alhora la vam agafar per les cames.

—Aguanta, Duff, no deixis anar! —va cridar la To-

melilla. Però els esbarzers ens ferien les mans i el vent estirava per l'altra banda amb tota la seva força. Semblava un terrible joc d'estira i arronsa, i al mig la Pervinca que plorava i lluitava per desfer-se'n, i com més lluitava, més espines l'esgarrapaven.

—No et moguis, tresor, d'aquí a un moment t'alliberarem... —li va dir la Tomelilla per tranquil·litzar-la. Però just aleshores, una estrebada més forta que les altres la va arrencar dels nostres braços. Vam anar a espetegar fora de casa.

—El vent bufa cap al Mont Adum, l'arrossega cap allà! —va cridar en Duff Burdock. La Tomelilla va voler aixecar-se volant, però el mag la va aturar.

—Espera't —va dir—. No sabem què hi ha més enllà d'aquella muralla de núvols, podria ser una trampa i només som tres.

Horroritzats, vam veure com la Pervinca s'allunyava i desapareixia entre els núvols. Ràpidament, la Tomelilla va fer un encanteri cap als arbres propers i va ordenar:

Els braços al cel estireu
i aquella de qui ja no queda rastre busqueu!

En sentir-ho, les branques altes dels arbres es van allargar cap amunt i van començar a moure's entre els núvols negres. Vam veure com s'agitaven cap al nord i el sud, l'est i l'oest, i amb el cor a la gola vam desitjar veure-les baixar amb la nostra Vi. Però una rere l'altra, les branques tornaven al seu lloc sense res. Ben aviat, els arbres van tornar a adquirir la seva forma de sempre.

La Tomelilla no es va donar per vençuda.

—No pot ser! Ha de ser allà, en alguna banda. De pressa, a la torre!

Corrent com esperitades vam arribar a la torre del vell ajuntament. Era un edifici antic, molt alt i inclinat.

—Redreça't, així seràs més alta! —li va cridar la Tomelilla.

Entre cruixits esgarrifosos, la torre es va redreçar i nosaltres vam començar a pujar aquells vells graons relliscosos. Quan vam arribar al capdamunt, agafats als merlets de la torre, vam observar el cel per buscar la Pervinca. Però al nostre voltant només vèiem núvols, pluja i llamps.

En un intent desesperat, la Tomelilla va llançar un encanteri de llum cap a la tempesta: els núvols es van il·luminar com si fos de dia i, com paravents de seda, van deixar entreveure el que amagaven. La Pervinca estava just a sobre nostre. La massa d'esbarzers encara l'entortolligava i ella plorava i cridava.

La Tomelilla va intentar aleshores parlar al vent:

Nusos d'esbarzer, mans de vent
que només porteu dolor i turment,
heu raptat tan sols una criatureta,
que no té cap culpa de ser una bruixeta!
El vostre amo deu haver caigut en l'error,
enfeinat a devastar i a escampar terror.

De cop i volta, alguna cosa va brillar entre els esbarzers.

La Pervinca va desaparèixer, i de sota aquell embolic de punxes es va esmunyir una minúscula criatura. Amb prou feines la vèiem, perquè la pluja i els núvols en difuminaven la forma i de tant en tant la feien invisible als nostres ulls. Aleshores, en silenci i gairebé sense respiració, vam esperar veure-la aparèixer...

—Ja la veig! Ja la veig! —cridàvem contents. Però un altre cop desapareixia. Volava en la nostra direcció, però fent un gran esforç, i semblava molt cansada.

—VAIG A AJUDAR-LA! —vaig cridar, llançant-me enmig de la tempesta.

—FELI, NOOO! —La Tomelilla va intentar aturar-me, però era massa tard, jo ja volava. No sentia ni veia res i el vent em feia girar en l'aire com una mosca, però les meves antenetes em guiaven cap a ella. Tot d'una me la vaig trobar davant dels ulls.

—SEGUEIX-ME! —li vaig cridar amb tota la veu que tenia. Em vaig tombar per tornar a la torre i em vaig trobar la tempesta davant.

—Vinga, petites! —vaig murmurar—, ensenyeu-li al vent de què són capaces les ales d'una fada!

Vaig abaixar el cap i vaig apuntar cap a l'única llum que veia: la Tomelilla.

Ara un batec, ara un altre, ara un metre ara un altre, xopes i extenuades, vam avançar cap a la salvació. Fins que vaig poder veure el rostre de la meva bruixa i els seus braços estesos cap a nosaltres.

—Estem salvades —vaig esbufegar caient exhausta entre les mans del senyor Burdock. La Tomelilla va agafar al vol la criatureta que m'havia seguit: era una vespa blava.

—Oh, Feli, gràcies pel que has fet! Gràcies, fada meva! —va exclamar la bruixa omplint-me de petons—. I tu, estimat Duff, has salvat la meva Vi amb el teu encanteri!

—Jo? Jo no he fet res. Tu li has parlat al vent, em creia que era obra teva! —va exclamar el senyor Burdock, sorprès.

—Au, vinga, saps prou bé que jo no puc fer determinades transformacions —va exclamar la Tomelilla obrint novament els palmells per observar la bestiola. Va mirar-se-la una bona estona, i quan va tancar les mans els seus ulls estaven negats de llàgrimes.

—Ha sigut ella! —va dir emocionada—. Ho ha fet tota sola, Duff! És una bruixa i és... una Bruixa de la foscor!

Ens vam quedar ben parats. La més sorpresa, però, era la Tomelilla. I tenia les seves raons: la Pervinca una Bruixa de la foscor! Qui ho hauria dit! De generació en generació, feia segles que cada família de Mags transmetia un sol poder i sempre el mateix, o Llum o Foscor. No havia passat mai, que dos germans heretessin poders diferents, perquè això era científicament, més ben dit, màgicament, impossible! Però val a dir que, ben mirat, sí que hi havia hagut alguns senyals. Aquella nena havia estat diferent des del seu naixement: el color dels seus cabells, la mirada inquieta i rebel, la familiaritat que tenia amb la nit, la seva empenta i determinació, la passió pels animals que normalment fan por, les aranyes, els mussols... Ara tot adquiria un sentit. I feia por. Amb el Terrible 21 a l'aguait, no era bon moment per convertir-se en una criatura de la Foscor.

Baixant de la torre, vaig mirar les teulades de Fairy Oak: la pluja les havia tornat lluents, i en algunes s'hi reflectien les estrelles. Com havia pronosticat la Tomelilla, la tempesta estava amainant. Tocada mitjanit, el Terrible 21 s'allunyaria, però només per carregar les seves forces d'una nova i devastadora energia. La calma abans de la pròxima tempesta.

El senyor Burdock tenia entre els braços la Pervinca, un altre cop nena.

—Mare del cel, està plena d'esgarrapades! —va murmurar la Dàlia corrent cap a nosaltres.

El senyor Cícero va anar a buscar una pomada de consolda per untar-la sobre les ferides, mentre la Babú acariciava el front de la seva germana.

—Ja n'hem tingut prou! —va dir l'alcalde—. Disculpeu-nos, però no estem acostumats a aquesta mena d'enrenous! Feliciteu la Pervinca de part nostra.

I en dir això va marxar, ell, la seva dona i la filla, més baldats encara de com havien arribat.

—Es refarà, oi? —va preguntar en Grisam, amoïnat.

Des que havíem tornat, s'havia assegut en un dels braços del sofà al costat de la Pervinca i ja no s'hi havia mogut més.

—Sí, no pateixis —va contestar la Dàlia—. Ho veus? Ja obre els ulls...

—Què... què ha passat? —va preguntar la Pervinca amb un fil de veu.

—El vent. Se't volia endur... —La Babú hauria volgut explicar-l'hi tot, però la Tomelilla va dir que era millor anar a dormir i deixar les explicacions per a l'endemà.

—Gairebé és mitjanit i tots estem cansats. Vine, Grisam —va dir el senyor Burdock agafant el noi per darrere—. Demà passarem a veure com està la Pervinca.

Quan tots se'n van haver anat, la Tomelilla es va asseure a la vora de la Vi i va convidar la resta a fer el mateix.

—Aquesta nit han passat moltes coses —va dir—, i tot i que estem tots molt cansats, ara que estem sols voldria donar-vos alguna explicació. Començaré des del principi...

El temps de les bruixes

La Dàlia, la Vainilla, la Pervinca i el senyor Cícero van seure al voltant de la tieta mentre jo m'arraulia entre els plecs del seu xal.

A la llum del foc que crepitava a la llar de foc, la Tomelilla va explicar la història de la seva família. Va recordar les bruixes i els mags avantpassats i va explicar com s'havien heretat sempre els poders màgics. Va esmentar el Codi de les bruixes i va dir que la Dàlia també havia estat una bruixa, però que un dia havia renunciat a la màgia per viure una vida no màgica al costat d'en Cícero. Ell, en aquell instant, va aixecar la mirada al cel. «Sort d'això!», va semblar dir. Les nenes, en canvi, escoltaven embadalides: «La mama una bruixa?!».

La Tomelilla va continuar, però el seu to es va fer més seriós.

—Pel que fa a aquesta nit, és important que us

anunciï dues coses oficialment. —Va agafar les mans de la Babú i amb veu solemne va confirmar allò que tothom ja havia entès.—Vainilla, tu ets una Bruixa de la llum! —va anunciar—. Les Bruixes de la llum tenen el poder de crear. Allò que no hi és ho poden fer aparèixer, però no desaparèixer. Saben transformar el que és lleig en bonic, i el bonic en meravellós. Però mai viceversa. Podràs fer néixer, però no causar la mort. Tu saps curar i no ferir. Tu ets Llum!

La Babú es va quedar bocabadada, i una brosseta va entrar en un ull del senyor Cícero. Hauria jurat que estava plorant!

Tot seguit, la Tomelilla es va dirigir a la Pervinca, i aquesta vegada la sorpresa va ser ben gran.

—Sí, tresor, tu també ets una bruixa —va dir—. Una bruixa misteriosa i poderosa, la primera de la nostra família: Pervinca, tu ets una Bruixa de la foscor!

En sentir aquelles paraules, va anar d'un pèl que la Dàlia i en Cícero no caiguessin del sofà. La Vi va intentar fer-se enrere, però la Tomelilla la va aturar.

—Escolta'm! —va dir amb una veu increïblement dolça—. Sé que et semblarà impossible, però estic segura que no m'equivoco. L'encanteri que has fet, el moment en què l'has fet... No, no m'equivoco, tu ets diferent de nosaltres, diferent de la teva germana. Me n'hauria d'haver adonat, hauria d'haver interpretat les teves actituds, els senyals... I, en canvi, he permès que et posessis en perill i que haguessis de realitzar tota sola la teva màgia temerària.

La Pervinca va abaixar la mirada.

—Els teus poders són forts i imprevisibles. Alimentats per la ràbia i la por, es manifesten quan tot sembla perdut —va explicar la tieta—. Les Bruixes de la foscor hi veuen a la nit i darrere les coses, veuen l'interior de les persones. Arriben on nosaltres no veiem, van on nosaltres no podem.

Vet aquí per què la Vi no havia tingut mai por de la foscor i ni tan sols l'espantaven els trons: «els tambors dels núvols», els anomenava. Per a ella era el ritme amb què la naturalesa marcava les seves estacions.

—Qui m'ha raptat? —va preguntar a la seva tieta.

—El mal en persona, temo.

—Qui és? I per què ens la té votada?

—Perquè, tresor meu, el nostre vell Enemic odia la pau i la serenitat, combat la bellesa i l'harmonia, detesta la justícia i la tolerància, no suporta l'alegria ni la felicitat. Allà on va, només porta por, tristesa, odi i destrucció.

—Quin aspecte té? L'has vist, Pervinca? —va preguntar la Babú.

La Pervinca va negar amb el cap.

—El mal no té rostre —va explicar la Tomelilla—. Cada vegada, quan arriba, esperem que només sigui una tempesta i ens costa molt reconeixe'l. Després, les fulles s'assequen prematurament als arbres, la pluja crema les collites, les branques ens fereixen quan passem i aleshores ja és massa tard. Fa cent vint-i-un anys van haver de desaparèixer alguns de nosaltres, raptats pel vent i les onades del mar, abans que el poble de Fairy Oak acceptés el fet que el Terrible 21 havia tornat.

—El Terrible 21? Es diu així? Que estrany.

—El van anomenar així els nostres avantpassats, perquè el 21 és el número que es repeteix sovint en la seva manera d'actuar. Per exemple, sempre escull la nit del solstici d'estiu per desencadenar el primer atac, és a dir, el 21 de juny, i els atacs més esfereïdors arriben a les nou del vespre tocades, és a dir, després de les vint-i-una hores.

Totes aquelles informacions eren una novetat també per a mi, i no pas una novetat agradable.

—Com l'heu vençut fins ara? —va preguntar una mica alarmada.

—Com els altres abans que nosaltres —va respondre la Tomelilla—. Lluitant units, fent servir totes les màgies al nostre abast i amb l'ajuda del Roure, que sempre ha sigut el nostre aliat. Sabeu qui ens va fer guanyar l'última batalla?

—No, qui?

—Els Mags de la foscor, precisament!

—De debò? I com? —va preguntar la Pervinca.

—Van fer veure que s'aliaven amb l'Enemic: ens van transformar a tots nosaltres en monstres horribles i la Vall en un erm pelat i desolat. En no trobar-hi res de bonic per destruir, el Terrible 21 se'n va anar.

—I per què ha tornat? —va preguntar la Babú.

—Devia saber que l'havíem enganyat, m'imagino.

—Llavors deu estar ben empipat, sobretot amb els Mags de la foscor —va dir la Pervinca—. Per això m'ha raptat.

—T'ha raptat perquè ets una bruixa, Vi, i ara prou de preguntar. Acontenteu-vos amb les explicacions que us he donat, en teniu de sobres —va acabar la seva tieta, decidida a no donar més detalls sobre els perills que aquell fosc enemic representava per a la petita Vi. Sí, sobretot per a ella.

El Reglament Màgic

La Pervinca no afluixava.

—Què és la fortalesa d'Arrocar? —va preguntar, mentre pujaven les escales, recordant que la seva tieta havia dit aquell nom a propòsit de les dues bruixes raptades.

—Res que hagis de saber ara! —va dir la Tomelilla—. Sapigueu, però, que demà començaran els cursos de màgia! Haureu d'estudiar i aplicar-vos, jo seré la vostra mestra.

Les nenes van aplaudir entusiasmades.

—I, com tothom sap, seré molt severa i exigent.

Les nenes van deixar d'aplaudir.

—Aquesta nit voldria que llegíssiu això.

La Tomelilla va donar a les nenes un rotlle de pergamí. Era el Reglament Màgic.

—Són les normes de les bruixes? —va preguntar la Babú, perplexa—. N'hi ha un munt!

—Ara me n'he d'anar —va dir finalment la tieta de les nenes, mentre els feia un petó.

—Anar-te'n? On? És de nit i plou! —va exclamar la Babú, a qui no agradava gens la idea que la seva tieta sortís a aquella hora i amb aquell temps.

—Et puc ben assegurar que d'aquí a poc ja no plourà, Vainilla, i que tornaré aviat —la va tranquil·litzar la Tomelilla.

Quan la Dàlia va pujar per al petó de bona nit, jo vaig aprofitar l'avinentesa per anar a saludar la meva bruixa.

—No puc venir amb vosaltres? —li vaig preguntar.

—T'ho agraeixo, Feli, però m'estimo més que et quedis amb les nenes. No has de perdre mai de vista la Pervinca, d'acord?

El rellotge de la xemeneia va tocar la mitjanit i jo vaig murmurar:

—És la primera vegada que ens saltarem l'Hora del Conte.

—Tens raó, però... Mira a fora.

—Ha deixat de ploure! —vaig exclamar.

—Durant una estona tornarà la calma. Ho he d'aprofitar per trobar-me amb els altres Savis i per comprovar que els Poppy estan bé. Això li agradarà, a la Babú.

—Ara torna amb elles, Feli.

La Tomelilla es va posar la seva capa negra i vaig veure com desapareixia en la foscor.

Quan vaig pujar, em vaig trobar les nenes concentrades en la lectura del Reglament Màgic.

—Segur que serà dura —va sospirar la Babú.

—Però per què serveix tenir poders si aquí diu que no els podem fer servir? —La Pervinca semblava una mica decebuda.

—Aquestes normes les van escriure fa molts anys un Humà i un Mag perquè els seus pobles visquessin en pau i tranquil·litat. Qui no les respecta, es ficarà en embolics. Per això seguiu sempre les normes. I feu servir els poders només quan calgui, i sempre a fi de bé. Babú, fes un petó sobre la ferida que la Vi té a la galta, així demà al matí descobrirà què vol dir el Reglament —vaig explicar amb un somriure—. I ara, a fer nones!

—No podem dormir, Feli, estem massa esverades! —van protestar—. Sisplau, explica'ns una història!

En coneixia moltes, però aquella vegada vaig decidir explicar una història verdadera.

—D'acord —vaig dir—. Us explicaré la història del nom de la Vainilla...

L'espera de la Feli

Quan les nenes es van adormir, vaig anar fins a la finestra i vaig esperar la tornada de la Tomelilla.

La lluna havia tornat al seu lloc al cel i vetllava sobre el poble com les llums de les fades vetllen i conforten el son dels nens.

Vaig tornar a rumiar en el meu regne: feia tant de temps que no hi tornava... Estaven bé les meves companyes? A aquella hora, les fades descansaven a les enormes flors de les magnòlies, o damunt les suaus fulles dels nenúfars, bressolades per la respiració de la llacuna. Com m'hauria agradat ser allà amb elles! Només per descansar una mica, per espantar els mals pensaments, allunyar la por, i després tornaria de seguida. No volia deixar el poble, estava contenta amb la meva família, tot i el nou perill que ens amenaçava. No volia allunyar-me de Fairy Oak. Allà havia trobat noves amigues, fades com jo, sinceres i fidels, i n'havia après molt. Fins i tot de la Piq, aquella tossuda de la Piq. Pensar en ella em donava alegria. Era la més rodanxona del grup i era una fada espavilada i simpàtica, que li encantava riure. Però també era força susceptible i nosaltres ens divertíem prenent-li el pèl.

—Piq, ens tornes a dir el teu nom sencer? —li demanàvem de tant en tant.

—Notoelspolzesquepiquen! —contestava ella, exasperada, i nosaltres ens fèiem un tip de riure. Era el nom de fada més estrany que havíem sentit mai.— Si llegíssiu més, sabríeu que es tracta d'una citació famosa —rondinava—. I a més tinc un problema més greu que el meu nom i vosaltres no m'ajudeu gens ni mica!

—Oh, Piq, encara amb aquesta història? —li dèiem mentre continuàvem rient.

—Ja veuràs com et passarà.

—És qüestió de practicar.

La Piq tenia por de volar. Una por terrible. I així, allà on anés, hi anava a peu.

Nosaltres estàvem acostumades a veure-la caminar, però ella ho portava diferent.

—Saps quina és la frase que sento cridar més sovint a casa? —ens repetia sempre—. «VIGILEU, NO AIXAFEU LA PIC». Aquell escarabat de la Piq.

—Oh, això últim ho has afegit tu, n'estem segures! Ningú et diu així!

—D'acord, no em diuen escarabat, però és igual d'humiliant.

—Piq, ho diuen pel teu bé, ets tan diminuta que és difícil veure't.

—I a més, mira el costat positiu de la cosa: caminant es fan coneixences interessants.

—Ah, sí, quines?

—Bé, últimament hi ha petits gripaus la mar de bufons, per aquí.

No ho podíem evitar! Érem incapaços de prendre'ns seriosament el problema de la Piq, i de vegades les nostres bromes l'acabaven fent riure. Altres vegades, en canvi, la Piq feia que no amb el cap, donava un cop de peu a una pedra i anava a seure una mica més enllà. En aquests casos, intervenia la Desdevent, l'única capaç de consolar-la. I per fer-ho, li explicava aquesta història: «Piq», deia, «saps que les vespes no haurien de volar? Les seves ales són massa petites per aixecar el seu propi pes. Però tot i així volen. Notoelspolzesquepiquen, tu saps volar, només que et penses que no n'ets capaç! I no fas mai exercici!».

La Piq sortia de les xerrades amb la Desdevent alegre com una abella vestida de mel. I alguns dies la vèiem llançar-se avall per esglaons, ampits de finestres, branques i fins i tot teulades.

—Des de baix no agafo prou embranzida, he de saltar des de dalt! —assegurava. Al cap d'una mica, arribava fins a nosaltres tan inflada de les patacades que semblava un coixí ple de boletes!

—Caminem una mica? —ens demanava.

—Esclar que sí! —responíem nosaltres a l'unísón.

Hem caminat molt, amb la Piq, i hem vist coses que des de dalt, volant, ni tan sols es poden imaginar, com l'herba que neix, o el nasset de les formigues i els granets daurats de la sorra. I també algun gripau bufonet.

Des que conec la Piq he après a volar baix, de tant en tant.

Fades en la boira

Estava pensant que afortunada que havia estat de trobar aquelles fades i la Tomelilla i la Pervinca i la Vainilla i tota la família Periwinkle i els seus encantadors amics, quan tot d'una la claror de la lluna va desaparèixer.

Una boira ratxada va passar davant de la finestra.

Vaig treure el cap i amb gran sorpresa em vaig adonar que la boira havia embolcallat el poble. En aquella època de l'any??? Era mooolt estrany! Des de darrere els vidres podia veure la roba estesa eixugant-se: s'ondulava com un fantasma i feia por.

Jo mirava ben atònita aquell món espectral, quan de sobte...

BANG!

Alguna cosa va tocar el vidre just davant del meu nas.

—AAAH! —vaig cridar. I de l'ensurt vaig volar ampit avall de la finestra.

—Feli, sóc jo, la Desdevent! —vaig sentir murmurar.

Vaig sospirar alleujada.

—Sisplau, Bufodotzebufadesdevent, et puc demanar que no m'apareguis així en aquests dies una mica «estranys»? —vaig protestar, anant-la a buscar a fora.

—Ets una caguetes.

—No, no és veritat. Què, tens notícies de les bruixes?

—No.

—Creus que els ha passat alguna cosa?

—No ho crec. Sóc aquí fora des de fa unes quantes hores i no he vist esclats de batalla ni llamps d'encanteris a l'horitzó, i això és bon senyal.

Havia tingut el mateix pensament, però sentir-ho dir a la Desdevent em va animar: era la fada més sàvia que havia conegut mai. Em tranquil·litzava ser allà amb ella en aquell moment, es creava un ambient molt especial.

—Sembla un lloc embruixat —vaig murmurar mirant al meu voltant.

—Ho és! —va contestar la Desdevent.

—Sí, però les bruixes de Fairy Oak són bones. El que vull dir és que de cop i volta tot s'ha tornat... tètric.

—Només és boira —va comentar serena la fada Desdevent—. Només boira.

Sí, però mentrestant els Mags de la Summa Assemblea no tornaven i l'alba s'acostava. Els ocellets callaven i les gavines, normalment xerraires a aquella hora, estaven mudes. Un Nomag hauria dit que es podia sentir «la respiració d'una fada». I jo la sentia, la respiració de la Desdevent, mentre contemplava com la boira ballava sinuosa al nostre voltant.

Va ser aleshores que vaig veure a la llunyania tres petites llums: volaven en la nostra direcció.

—Són Detutú, Sulfior i Ètal —vaig exclamar contenta.

—Potser porten notícies.

—No, no, no en sabem res, encara no han tornat —va anunciar l'Ètal, que m'havia sentit. Elles també estaven preocupades.

—On és, la Piq? —vaig preguntar, en adonar-me que del nostre grup només faltava ella.

—No ho sabem, hem passat per casa seva, però no hi era.

—Sóc aquííí! —es va sentir cridar en aquell moment.

—Aquí on, Piq? No et veiem!

—Ja arribo, ja arribo, puff! És que des d'aquí sota no es veu res! Fa dues hores que camino i ja m'he perdut tres vegades... UIX!

—Què ha passat?

—He xocat contra un cargol! Aquestes bèsties han sortit totes a fora a beure!

Vam sentir un sorollet al nostre costat i de sobte les antenes de la Piq van aparèixer rere la boira.

La fada grassoneta s'havia enfilat a la tanca del nostre jardí.

—Veig que estem totes en la mateixa barca! —va dir mentre s'asseia, molt cansada—. I què, doncs? Hi ha novetats?

Estava xopa i enfredorida.

—Ai, no —vaig contestar, fregant-li les mans per escalfar-la.

—Us ho he de dir, noies, estic preocupada —va confessar la Piq allargant-me els peus gelats.

—A mi m'ho dius! —va confirmar la Sobrelaflor.

—Feu-me cas, es troben en perill! —va dir la Detutú, «l'optimista» del grup.

La Desdevent els va tapar la boca a totes.

—Voleu fer el favor de callar?! —va començar amb veu forta—. Us penseu que els Mags de la Summa Assemblea s'han reunit per organitzar el Halloween? Doncs no, han d'estudiar un pla per defensar el poble del Terrible 21, i són decisions que requereixen una mica de temps. O sigui que calmeu-vos!

La Desdevent no sempre tenia raó, però era convincent.

Vam esperar en silenci una bona estona, quan de sobte...

—Ei, mireu! Són ells! —va exclamar la Sobrelaflor assenyalant una filera de llumetes que brillava en la boira. Alguns d'ells, els Mags de la llum, aguantaven els fanalets de la nit.

—Hi són tots? Ho podeu veure? —va preguntar la Piq des de la tanca.

—Em sembla que sí —vaig respondre tancant una mica els ulls per veure-hi millor. Hortènsia, sí, és ella, i darrere seu... el senyor Burdock! Després... la Tomelilla! I aquell altre deu ser en Meum McDale. El segueixen en Card Pitlochery, en Lliri Martagon, en Butomus Rush, la Tulipa Oban, la Matricària Blossom, la Magnòlia Drowner, la Càmfora Luke... i la teva Berbena. Sobrelaflor, que la veus? Hi són tots. Caminen a poc a poc, semblen cansats.

Vam esperar en silenci, i quan els Mags van ser prou a prop, vam sentir la Lalla Tomelilla que preguntava, tota sorpresa:

—Què fan les fades aquí fora, a aquestes hores?

Una arribada inesperada

Vam tornar a casa, la Tomelilla al davant i jo al darrere.

—No hauries d'haver sortit, Feli! —em va renyar només entrar—. Quants cops t'he de dir que no vull que surtis sola quan és fosc?

«Estava amoïnada!», li hauria volgut dir. A més, no estava sola. Però vaig callar, i ella va continuar.

—Són temps foscos i perillosos també per a vosaltres les fades!

Vam entrar a l'hivernacle i la Tomelilla va tancar la porta darrere nostre. Encara anava embolicada en la seva capa i tenia un aire misteriós.

—Que dormen, les nenes?

—Sí —vaig dir sense aixecar els ulls.

—Penso que les hauríem de despertar. Estic segura

que quan vegin el que tinc aquí sota estaran contentes d'haver-se aixecat del llit.

Alguna cosa es va moure sota la capa de la Tomelilla i al cap d'un moment va sortir...

—Shirley Poppy!

—Aquesta petita espia i el seu ratolí han escoltat tots els discursos de l'Assemblea des del darrere d'un arbre, abans que jo els descobrís. I quan han sabut que la Vainilla i la Pervinca són dues bruixes han volgut venir tant sí com no —va explicar la Tomelilla.

La Shirley va somriure i em va observar amb els seus enormes ulls negres.

—Tu deus ser la Feli! —va dir acostant-se'm—. Que maca que ets. Tens uns cabells que semblen gotes de rosada, i la teva robeta, un núvol de llum. Ets la criatureta més graciosa que he vist mai.

—Gràcies —vaig contestar ruboritzant-me—. He sentit a parlar molt de tu, i també de Mr. Berry —vaig dir, estrenyent la poteta al ratolí. Mr. Berry em va ensenyar la llengua.— Ho sé, ho sé que estem en perill —el vaig tranquil·litzar—. Que teniu gana?

—En deuen tenir, sí —va respondre la Tomelilla—. El papa de la Shirley m'ha dit que ahir a la nit no van poder menjar res per culpa de la tempesta. Per això,

Feli, sisplau, vés a despertar les nenes i digue'ls que baixin vest... —No va poder acabar la frase que la porta es va obrir.

—Ja som aquí! —van exclamar la Babú i la Pervinca entrant a l'hivernacle. Estaven en pijama i despentinades encara de dormir.

—Us hem sentit entrar i...

—M'ho podia imaginar —va sospirar la Tomelilla.

La Vainilla va abraçar la Shirley i va fer les presentacions:

—Vi, aquesta és la Shirley Poppy, ja la vas veure de lluny, te'n recordes? I aquests són...

—El gos de carrer i el ratolí fartaner —va dir la Pervinca rient i estrenyent la mà a Mr. Berry. Després es va ajupir, va agafar el morro del Barolo entre les mans i el va tranquil·litzar:— N'hi ha que no tenen bon ull, amic meu, no t'ho prenguis malament. Tu per a mi ets un gos amb pedigrí.

No podent explicar a la Shirley allò que la beneita de la filla de l'alcalde anava dient d'ella i dels seus amics animals, la Babú es va limitar a excusar-se per la seva germana.

—T'hauràs d'acostumar a les bromes de la Vi, sempre fa el mateix amb tothom, però no és mala nena. I explica'm, el Terrible 21 també us ha arribat a vosaltres?

La Shirley va fer que sí amb el cap i Mr. Berry va ensenyar la llengua blava.

—Tens raó, ratolinet, estem en un greu perill —va dir la Vainilla mentre l'acariciava. Mr. Berry es va cruspir un caramel de nabius.

—Aneu a vestir-vos —va ordenar la Lalla Tomelilla—. Nosaltres, mentrestant, prepararem un pastís i cafè amb llet per a tothom. Després, sense perdre temps, començarem la primera classe de màgia.

Esverades per les novetats, les nenes van pujar corrent l'escala fins a l'habitació.

—Quin dia més emocionant! —va exclamar la Babú volant cap al lavabo. La Pervinca va fer uns ulls com unes taronges.

—Ei! Com t'ho has fet? —va cridar.

—Fet, què?

—Volar! Qui... qui te n'ha ensenyat?

—Ningú. Per què, que no voles tu?

—Jo no! Vaja, vaig volar quan era una vespa, però així, sense transformacions... no ho sé, no ho he provat mai.

—Doncs llavors prova-ho ara! Vinga, una voladeta fins a l'armari. És fàcil.

La Pervinca va tancar els ulls i va fer un petit salt.

—No, no. No ho has de fer així! —va dir la Vainilla rient—. T'has de convèncer que ets molt més lleugera, mira de pensar en tu com si fossis una papallona, o una libèl·lula, o un colibrí.

—Més aviat se m'acut un mussol, un corb o una vespa.

—Tant és, mentre sigui un animal que vola. Vinga, camina per l'habitació així, d'acord? Llavors en un determinat moment pensa: «Sóc un mussol!», o un corb o, en fi, el que tu vulguis. Digues: «No peso i m'elevo», i vola. Va! «No peso i m'elevo!»... Au, vinga!

La Pervinca es va posar a l'altra punta de l'habitació, va obrir bé els braços com un falcó i va començar a córrer cap a l'armari.

—No peso i m'elevo! —va cridar.

Per sort, la Babú va aconseguir aturar-la uns segons abans d'estavellar-se contra les portes de l'armari.

—Hi ha alguna cosa que no ha funcionat —va dir fregant-se el cap, perplexa—. Potser no t'has concentrat prou.

—O potser les Bruixes de la foscor tenen una tècnica de vol diferent de la de les Bruixes de la llum —vaig intervenir—. Com que no ho sabem, suggereixo que, abans de tornar-ho a intentar, la Pervinca demani consell a la tieta Tomelilla. Ara vestiu-vos, l'esmorzar de seguida estarà preparat i la Shirley us espera. —Vaig parlar en un to alegre i distret perquè la Vi no es preocupés gaire pel seu primer petit fracàs. El color vermell de les seves galtes, però, deixava veure el seu orgull ferit.

Quan va obrir l'armari, però, l'expressió de la cara va canviar.

—Ei, mireu! —va dir.

Allà penjats, ben a la vista i a punt per ser usats, hi havia dos vestits nous de trinca.

—Deu ser l'uniforme per a les classes de màgia: són iguals! —va dir la Babú, agafant el que duia el seu nom—. Que estranys que són!

Vaig acostar-me volant als vestits i em vaig fixar que estaven fets d'un teixit gruixut, que ja havia vist, però d'un altre color. El de les nenes era negre com les plomes d'un corb. Una gran butxaca girava al voltant de la faldilla i d'aquesta sobresortia una vareta. Hi havia una etiqueta enganxada que deia: «NO TOQUEU!».

—M'ho imaginava! —va remugar la Pervinca.

Les nenes es van cordar l'una a l'altra els botons a l'esquena. Ara semblaven realment dues bruixes. La Pervinca va tenir l'instint d'agafar la vareta.

—Ah, Ah! —vaig dir jo, aturant-la just a temps.

—És un instrument delicat, espera't que vingui la tieta.

Aleshores va arrufar les celles i va remenar les butxaquetes del pit.

—Hi ha una nota! —va dir—. Sembla la lletra de la tieta. Diu: «Molt bé! Us acabeu de posar la roba de les aprenents de bruixa. Al primer calaix de la dreta hi trobareu la resta».

—Uau, som aprenents de bruixa, ara!

Seguint les indicacions del missatge, la Vainilla va obrir el calaix de l'armari i va trobar un parell de mitges noves i dos coixinets rodons de setí negre.

—Semblen mitges normals... si no fos que són verdes com la nostra gespa —va comentar.

—I les flors que duen brodades són les dels nostres prats... —li va fer notar la Pervinca mentre es posava les mitges.

—Però què deu ser això? —La Vainilla va observar perplexa un dels dos coixinets. Tenia un lleuger farciment i d'ample era si fa no fa com el seu cap. Se'l va mirar de dalt a baix sense saber per a què servia.— Bé, enduem-nos-el, ja ens ho explicarà la tieta —va dir, finalment, ficant el coixinet a la gran butxaca.

Mentre baixàvem les escales, em vaig fixar que la Pervinca feia cara de decepció.

—Què et passa? —li vaig preguntar.

—Oh, no res... L'únic és que m'esperava alguna cosa més. Pensava que tindríem roba llarga fins als peus amb grans capes i barrets de punta, varetes platejades i una escombra voladora: m'hauria anat bé. La nit del solstici, les bruixes de Fairy Oak es vesteixen així...

—La nit del solstici ha passat —vaig intentar explicar-li—, i tu ets bruixa des de fa només dotze hores, has de tenir paciència. D'altra banda, però, veig que se t'han curat les ferides...

—Sí, i ja he donat les gràcies a la Babú, si era això el que volies saber.

—Per què estàs empipada amb mi, Vi?

—No estic empipada amb tu, Feli, només estic farta d'haver d'esperar sempre per tot. Si almenys tingués bon gust, aquesta paciència de què tant parleu...

Vam entrar a la cuina i amb gran sorpresa vam trobar la Shirley vestida com les nenes. Les seves mitges, però, eren diferents: en comptes de les flors del jardí, hi havia brodades herbes i flors de camp. Al cap duia un esplèndid barret de punta i la Pervinca m'hi va fer fixar.

—Ja era hora! —va exclamar la Tomelilla—. Començava a amoïnar-me. Ara esmorzeu, i vigileu de no tacar-vos l'uniforme nou. Veig que ho heu trobat tot —va dir amb un somriure que evidenciava fins a quin punt coneixia prou bé la curiositat de les seves nebodetes.

—Però, on són els vostres barrets?

—No hem trobat cap barret, i ara acabava de dir a la Feli que...

—No heu trobat els barrets?

—No, al calaix només hi havia les mitges i dos estranys coixinets...

—Exacte, els barrets!

La Babú i la Pervinca van treure els dos objectes negres que havien trobat al calaix i els van ensenyar a la seva tieta.

—Perfecte. Emproveu-vos-els!

Les nenes es van mirar indecises i lentament es van posar els coixinets damunt del cap.

—A mi em sembla que ens estan fent una broma —va murmurar la Pervinca.

No havia acabat de parlar que... BOING!, el coixinet es va obrir i un esplèndid barret de bruixa es va desplegar damunt del seu cap. El mateix li va passar a la Vainilla.

—Els barrets! —va confirmar la Tomelilla—. Quan us els traureu, ells solets es replegaran; no podem tenir barrets penjats per totes bandes, oi?

Al cap de deu minuts ja baixàvem cap a la Cambra dels Encanteris.

Més enllà de la foscor

A les nenes els estava prohibit entrar a la Cambra dels Encanteris, i la regla sempre havia estat respectada. No pas per sentit de la responsabilitat, s'entén, sinó perquè calia recórrer un llarg passadís fosc per arribar a la Cambra, i la Vainilla i la Pervinca sempre l'havien definit com una «aventura impossible». Si haguessin sigut un pelet més valentes, haurien descobert que aquell passadís amagava un secret. Calia fer vint passes en la foscor, abans de descobrir-lo, però aquells pocs segons de por es veien recompensats per un espectacle meravellós: al vintè pas, les parets de roca s'il·luminaven. Milers i milers de minúscules llumetes amagades entre les pedres s'encenien en passar, il·luminant el camí cap a la Cambra. Cap a la meitat, el passadís s'encorbava i el sostre s'abaixava gradualment cap a una porteta de fusta. Calia ajupir-se per passar, i naturalment treure's els barrets, però un cop a dins s'obria una habitació enorme. La llum tremolosa d'un gran canelobre penjat al sostre no permetia percebre de seguida l'espai real de la Cambra. Al centre, un escriptori de noguera massís s'alçava com una illa en un mar d'objectes indefinits, amuntegats pels mags i les bruixes de la família al llarg dels segles. Ningú no havia llençat mai res: xarxes de pesca, cordes per amarrar, veles endurides per la sal, rems, baguls petits i grossos, gerros, pots, ampolles, cistells de tota mena de formes i retrats ara ja grisencs. Descansaven entre piles de llibres de màgia i enormes calderes negres. A la vora de l'escriptori, a sobre d'un faristol, hi havia el barret de bruixa de la Tomelilla i, just al darrere, als prestatges, llibres de diferents gèneres: novel·les d'aventura, faules, llegendes, llibres de receptes, biografies i els atles dels regnes màgics, els meus preferits. Eren allà, entre els flascons i els alambins. La Tomelilla, de tant en tant, n'escollia un i me'l llegia davant de la llar de foc. A la Cambra, efectivament, hi havia una gran xemeneia. Als costats del foc, molts anys abans, un tiet de la Tomelilla i la Dàlia hi havia col·locat dues còmodes banquetes damunt les quals sèiem a parlar o a llegir al caliu dels troncs que cremaven al mig. A sobre de les banquetes, els feixos d'herbes penjats per fer fum escampaven una agradable olor d'espècies que impregnava tota l'habitació. I al cap d'una estona també a nosaltres.

Per això la Tomelilla es canviava abans de baixar-hi: duia un vestit de jute gruixut, semblant al que havia regalat a les nenes, però de color cendra.

D'un immens bagul al costat de la xemeneia, sobreeixia el que la Tomelilla anomenava «l'Arxiu»: carpetes plenes d'apunts, estudis de màgia, velles llibretes, documents de família, àlbums fotogràfics, pergamins, títols i alguns dels seus múltiples premis. La Tomelilla feia anys que no mirava tot allò, i quan necessitava alguna cosa ficava un braç dins el bagul i remenava a cegues. Com que els llibres de màgia no es tornaven a col·locar mai al seu lloc, els prestatges al llarg de les parets tenien molts espais buits. Per disputar-se les teranyines amb les aranyes només havien quedat algunes velles calderes rovellades i unes horribles gabietes d'aspecte trist i tètric. Feia molt de temps que no es feien servir, perquè la màgia moderna havia trobat ingredients alternatius a les cues de gripaus i coses d'aquesta mena. A mi em feien molta por i me'n mantenia a distància.

No havia estat gens fàcil encabir pupitres d'escola enmig d'aquell caos. La Tomelilla i jo havíem hagut de treballar tot el dia! A la vella pissarra havíem apuntat el que volíem fer:

* Baixar les piles de llibres i acostar-les a l'escriptori
* Posar ordre al bagul
* Apilar cordes i cadenes en un racó
* Amagar els flascons de pols màgica
* Amagar els ingredients per als encanteris

Al cap d'una jornada sencera de feina i quan, d'una en una, vam acabar resolent les feines, enmig d'aquell mar d'objectes s'havia acabat formant una petita classe. «Som uns fenòmens! Què en penses, Feli?», havia dit satisfeta la Tomelilla amb els ulls en forma d'estrella.

«Penso que sí! Només hi falta el toc final...».

Tot l'equip de màgia

Quan les nenes van enfilar finalment el passadís, vaig sentir que les ales em tremolaven de l'emoció. Què dirien de la Cambra dels Encanteris? Seria com se l'havien imaginat tantes vegades? Ho entendrien? Ens vam endinsar en la foscor i la Vainilla va començar a tremolar.

—Tieta, podries encendre un llum, sisplau? —va preguntar amb un fil de veu.

—Xxxt... Mira... —va respondre ella.

...Disset... divuit... dinou... Al vintè pas, el secret del passadís es va revelar davant dels seus ulls.

—Oooh... —van exclamar alhora les nenes.

Enlluernades per l'espectacle de les llumetes, van oblidar-se de totes les pors i van avançar corrent cap a la Cambra.

Quan vam arribar a la porteta, la Tomelilla va ordenar a tots els barrets que es repleguessin. Tot seguit es va ajupir i hi va entrar.

—Uau! O sigui que aquesta és la famosa Cambra Secreta! —va exclamar la Pervinca amb un somriure de satisfacció—. M'agrada!

—Però ni tan sols hi ha una finestra —va comentar la Babú, una mica preocupada.

Vaig observar la Tomelilla i em va semblar disgustada amb aquella observació.

—Els vostres avantpassats van excavar aquesta cambra a la roca per protegir-la de mirades indiscretes, per això no hi ha finestres —va dir, gairebé com si es disculpés—. Però podem encendre més espelmes, si et ve de gust.

—Oh, l'habitació em sembla molt maca —va precisar la Vainilla mirant al seu voltant—, però crec que prefereixo l'hivernacle.

—Haurem de fer deures, llegir i escriure? —va preguntar la Shirley visiblement esvalotada.

—Haureu d'aprendre a ser bruixes —va respondre la Tomelilla amablement.

—Però només som tres, qui s'asseurà als altres llocs? —va preguntar la Vainilla, acostant-se als pupitres. En cadascun d'ells hi havia escrit un nom.—Flox Pollimon... Grisam Burdock...! Vainilla Periwinkle: aquest és el meu! Significa que també vindran a les nostres classes, tieta?

—Sí, exactament. No a totes, però alguna vegada també vindran.

—I com és que al pupitre de la Flox ja hi ha els llibres?

—Perquè avui és una d'aquestes vegades, bruixeta curta de gambals! —va exclamar la Flox Pollimon apareixent per la porteta fent un gran salt.

—Flox!

—Jo mateixa, en persona, barret i uniforme. Quina fila faig?

—Sembles una merla sota una ombrel·la —va comentar la Pervinca asseient-se al seu lloc. La Tomelilla va aixecar la vista al cel, però la Flox no es va ni immutar; estava habituada al sarcasme de la Vi.

—Com has arribat fins aquí? —va preguntar la Babú.

—M'ha acompanyat la tieta Hortènsia. Ei! Tu deus ser la Shirley «Misteri» Poppy! La Babú no fa més que parlar de tu. Finalment, et conec. Hola! —La Flox va donar la mà a la nena pèl-roja amb tant entusiasme que Mr. Berry li va caure de l'espatlla.

La Flox es va ajupir per recollir-lo.

—Ei, són precioses, les vostres mitges! —va comentar—. Alguna vegada ens les podríem intercanviar.

—Ni somiar-ho! —va intervenir la Tomelilla aixecant-se de cop de la cadira—. Són les mitges de la botànica! Serveixen per camuflar-vos quan aneu a collir les flors del vostre jardí. És molt important que no molesteu amb la vostra presència els cucs de terra, les marietes i les abelles. Per això cadascuna de vosaltres té brodades les flors del jardí propi, o camp, o el que sigui.

Es va acostar a la pissarra i amb una vareta va assenyalar l'última frase escrita a baix de tot:

Encanteri 1

Ingredients bàsics i com aconseguir-los

Tot seguit va continuar:

—Les criatures que acabo d'esmentar són molt valuoses per a les plantes. Per això, quan feu els deures a casa, dureu sempre les VOSTRES mitges. Ara, sisplau, que totes les aprenents seguin als seus llocs: comencem.

Les nenes van seure als seus pupitres.

LLIÇÓ NÚMERO 1

* Màgia 1:

El Reglament Màgic de les Bruixes

art. 1:
És terminantment prohibit a mags i bruixes fer servir els poders màgics per interferir en assumptes humans si no és sota estricte permís escrit o en casos de veritable necessitat i sempre a fi de bé.

art. 1/bis:
És terminantment prohibit a mags i bruixes menors de 25 anys fer servir els poders màgics a l'escola o per alterar el normal funcionament del curs escolar.

art. 1/tris:
És terminantment prohibit a mags i bruixes menors de 18 anys fer encanteris de transformació sobre éssers humans, tant si són Mags com Nomags.

* Geografía 1:

Ingredients bàsics i com aconseguir-los

* Encanteris 1:

Ingredients bàsics i com aconseguir-los

—No ha de venir ningú més? —va preguntar la Babú.

—Avui no, bonica. Avui no —la va tranquil·litzar la seva tieta, obrint el quadern. La Babú va deixar anar un sospir. Si havia arribat la Flox, no era just esperar que arribés també en Grisam?

La Tomelilla va demanar a les nenes que observessin atentament els objectes que tenien al pupitre:

- tres llibres, un per a cada matèria del dia
- un drap net
- un pot de vidre fosc
- unes tisores petites
- guants de jardiner
- dues llibretes, una de ratlles i una altra de quadrets
- un llapis
- bossetes de roba de diversos colors i mides
- un caçapapallones
- una cinta mètrica per prendre mides
- una maleteta vermella amb nansa i bandolera
- una capsa amb tanca hermètica.

Sorpreses bones i dolentes

—Què hi ha aquí dins? —va preguntar la Flox agitant fort la seva capsa.

—M'imagino que ara hi deu haver un regal trencat! —va sospirar la Tomelilla. La Flox va tallar el cordillet i va obrir la capsa.

—Cap regal, només una nota.

Hi havia escrit:

Com que m'imaginava què li faries a la capsa,
he portat el regal de la Tomelilla a la teva habitació.
Te'l donaré quan tornis.

La teva tieta Hortènsia

—Llàstima —va remugar la Flox.

—En la meva, en canvi, hi ha una brúixola! —va dir

la Babú—. Però no és com la del Capità! —va comentar, regirant entre les mans el petit objecte daurat—. No té els punts cardinals, només una caseta!

—Exacte. I arribes a llegir què hi diu a sota la caseta? —va preguntar la Tomelilla.

—Sí, hi diu: «El lloc adequat en el moment adequat». Què vol dir?

—Vol dir que en el moment adequat podràs decidir si segueixes la direcció que indica la caseta, que segur que serà la idònia, o bé si fas la teva.

—Oh, la caseta ha desaparegut! —va exclamar la Babú.

—Bon senyal. Ets, sense cap mena de dubte, «al lloc adequat en el moment adequat»! —va dir la Tomelilla, gairebé felicitant-se a ella mateixa—. I això és tot el que has de saber de la teva brúixola.

Després d'alguns instants de dubte, la Shirley Poppy va obrir el seu regal: només aixecar la tapa de la capsa, es va posar vermella fins a les orelles!

—Què hi has trobat? —va preguntar la Vainilla, intrigada.

Mr. Berry, que havia tret el cap per mirar, va perdre l'equilibri i va relliscar a la butxaca de la seva propietària.

—Què és? —va insistir la Flox. La Shirley, però, semblava que no les sentís.

Després, de sobte, com hipnotitzada, va treure el misteriós objecte...

—Per tots els dracs del reialme! Una ploma d'oca! Pensava que hi havia un dinosaure, en aquesta capsa! —va comentar la Pervinca amb el seu habitual sarcasme.

—No és una ploma d'oca, senyoreta —va puntualitzar la Tomelilla—, és una ploma de gran duc. Del Rei dels grans ducs, concretament! És molt rara! Prova-la, Shirley, no passa res.

La Shirley no es va moure i va continuar mirant palplantada aquella ploma tan suau que tenia a la mà.

La Tomelilla li va tornar a parlar.

—Suca-la a la tinta i fes algunes ratlles al full, ja veuràs que bé que escriu.

Lentament, la Shirley va obrir una de les llibretes, va sucar la punta de la ploma en el tinter i, aguantantse la respiració, va dibuixar un mussol preciós.

—Gràcies, va molt bé —va dir tornant a posar ràpidament l'objecte en la precisoa capsa de fusta—. No havia tingut mai una ploma.

La Pervinca va remenar el cap, desconcertada. Aleshores es va ocupar del seu regal.

—Esplèndid! Jo he trobat una brúixola trencada! —va exclamar.

—N'estàs ben segura? —va preguntar la Tomelilla—. Deixa'm veure...

—És semblant a la de la Babú, però l'esfera és tota negra i no es veu res.

La Tomelilla va somriure:

—No és que estigui trencada —va dir—, és que és massa aviat. Prova-la aquesta nit, quan s'hagi post el sol.

—Vols dir que aquesta brúixola només funciona en la foscor? —va preguntar la Pervinca.

—Vull dir que si la mires aquesta nit quan apareguin els estels, tindràs una sorpresa.

—En altres paraules, que m'he d'esperar! —va exclamar la Vi, tornant al seu pupitre i deixant-se caure a la cadira—. Quina novetat! M'he d'esperar per volar, per usar la vareta màgica, per obrir la sorpresa...

—Quina vareta màgica? —va exclamar la Tomelilla tota parada—. De què parles?

—La que hem trobat a la butxaca de l'uniforme i que «no podem tocar»! —va contestar la Pervinca, fent una veueta irònica.

—Me la vols ensenyar, sisplau? Bé, NO! ESPERA'T! No la toquis, ja vinc jo.

La Tomelilla va deixar l'escriptori i es va acostar a la Pervinca. Va observar amb atenció l'objecte que sortia de la butxaca i aleshores, en veu baixa, va pronunciar algunes paraules màgiques. La vareta va vibrar, es va enlairar i es va posar damunt del pupitre de la nena.

—No en sé res, d'això —va dir seriosa la Tomelilla—. Qui més ha trobat un objecte semblant?

La Babú va aixecar la mà. Novament, la Tomelilla va pronunciar les paraules màgiques i la vareta de la Vainilla va anar a parar també al pupitre junt amb l'altra. Hi va haver uns segons de silenci, durant els quals la Tomelilla va estudiar els dos objectes tan misteriosos.

—Les bruixes i els mags de Pratverd no fan servir varetes màgiques —va dir finalment—. Els nostres poders són dins nostre. Evidentment, qui les ha posat als vostres uniformes no ho sabia.

—O potser, com nosaltres, va pensar que les aprenents de bruixa les fan servir —va dir la Vainilla—. Nosaltres ens ho hem pensat.

—Què em voleu dir, que algú ha entrat a la vostra habitació... AQUESTA NIT? —els vaig preguntar—. Oh, fada burra, fada burra i fada burra! Tot és culpa teva, teva, teva! —vaig cridar donant cops pertot arreu furiosa amb mi mateixa!

Havia deixat les nenes soles i algú ho havia aprofitat.

—Que burra, que burra, que burra!

—Prou, Feli! Para! No és culpa de ningú. Probablement hauria passat el mateix! —va dir la Tomelilla—. Ara és important saber qui ha sigut! Qui, i per què, ha posat aquestes varetes. Calma't, vinga.

La indulgència de la meva bruixa em va fer sentir pitjor i tot: havia passat una cosa tan greu que la meva estupidesa passava en segon pla. Em vaig posar d'un humor funest i vaig anar a amagar-me a la butxaca de la Vainilla.

—Si la intenció era ferir-nos —va preguntar la Pervinca—, per què aquella nota de «NO TOQUEU»?

—Perquè no hi ha res com dir a un nen que NO faci alguna cosa perquè vulgui fer el contrari! —va contestar la Tomelilla, tornant amb pas decidit cap a l'escriptori—. Sigui qui sigui que ho hagi fet, ha de conèixer molt bé els nens, i això ens porta directament al tema: «Les zones prohibides de la Vall».

—Hi ha llocs prohibits per aquí? —va preguntar sorpresa la Pervinca—. Interessant...

—Ja veig per on vas! —vaig remugar des de la butxaca.

—Exacte. De manera que no facis aquesta careta de

murri, noieta —va rondinar la seva tieta—. Probablement, si haguessis tocat aquella vareta, t'hauries transformat en un monstre, o encara pitjor! Igual que si anéssiu a una de les zones que ara us diré, posaríeu en risc la vostra vida. La fortalesa d'Arrocar... Oi que ho volies saber, Pervinca? Doncs bé, és el lloc més perillós. Allà dalt és on el Terrible 21 porta els seus presoners i, amb tots els mitjans, intenta doblegar-los a la seva voluntat. Qui accepta aliar-se amb ell torna canviat al poble, sembra la discòrdia i crea problemes.

—I els qui no ho accepten? —va preguntar la Shirley tímidament.

—Els qui no ho accepten... Bé, d'això en parlarem un altre dia. Ara recordeu bé aquestes zones: número 1, la Fortalesa: no us hi acosteu mai per cap motiu! Número 2, els jardins del vell ajuntament: no hi entreu mai.

—Per què?

—Perquè així es va decidir! —va afirmar la Tomelilla—. Però si voleu una raó, us la donaré: en el passat, els jardins emmurallats del vell ajuntament van ser un amagatall excel·lent per als emissaris de l'Enemic, que des d'allà ens espiaven sense ser vistos.

—Els emissaris de l'Enemic??? —va exclamar la Babú—. I qui són?

—Espera't i deixa'm continuar —va dir la Tomelilla—. Número 3, el vell cementiri cèltic: us hi vull ben lluny. —I, anticipant-se a la pregunta, va afegir:— Allà hi viuen els emissaris.

—Els emissaris són esperits, doncs? —va preguntar la Pervinca, embadalida amb totes aquelles revelacions—. Morts... vivents?

La Babú es va posar a tremolar de por.

—No diguis bestieses, els morts són morts i ningú no els pot tornar la vida, ni tan sols l'Enemic, que sens dubte és molt poderós. No, no. Però els qui s'alien amb el Mal i lluiten per ell no volen tenir res a veure amb la vida i prefereixen amagar-se i fugir de la llum. El vell cementiri és el lloc ideal per a aquestes criatures infaustes.

—De tota manera —va dir la Babú—, tampoc no m'hi veuries mai, al vell cementiri.

—Número 4, el far d'Aberdur: des d'ara està prohibit acostar-s'hi. Número 5, la platja d'Arran: no hi podreu anar un cop es pongui el sol —va concloure la Tomelilla.

—Però els crancs surten a la nit —es va queixar la Vainilla—. Com els podré donar menjar, ara? M'esperen!

—Em sap greu, Babú, però d'ara endavant aquestes zones són d'alt risc. I ara us en podeu anar. Continuareu les classes de botànica al jardí de les fragàncies dels Burdock. La Feli us hi acompanyarà. He de saber sens falta més coses d'aquestes varetes. Del Reglament Màgic, en parlarem la propera vegada!

Mentre les nenes endreçaven les seves coses a la maleteta vermella, la Tomelilla em va fer un gest perquè m'hi acostés.

—No les perdis de vista ni un sol moment, entesos, Feli? —va dir en veu baixa—. Avisaré els Burdock que aneu de camí. Quan s'acabi la classe t'asseguraràs que el senyor Poppy, el pare de la Shirley, sigui a fora esperant-la. Després d'això, acompanyareu la Flox a casa seva i tornareu immediatament aquí.

—No patiu, bruixa Tomelilla, faré com m'heu dit —vaig dir fent veu de soldat. I vaig afegir:— He de creure, doncs, que el Terrible 21 s'ha convertit en un perill també de dia?

—És possible. Els senyals són els mateixos que els dels atacs anteriors, però el comportament del nostre Enemic és diferent, molt, molt estrany...

La Tomelilla va tornar a observar atentament les dues varetes sense dir res més.

—Som-hi, nenes! —va dir fluixet.

El secret de la fortalesa

Quan vam sortir del passadís, la claror del dia ens va enlluernar de cop. Feia un dia de sol magnífic.

—Hi anem vestides així? —va preguntar la Pervinca arrufant el nas.

—Us podeu treure els barrets —va dir la Tomelilla—. Però l'uniforme l'heu de portar. En Grisam també en durà.

—Que hi serà, en Grisam? —va dir la Babú, ruboritzant-se. Va fer mitja volta i va córrer cap a dalt.— Espereu-me, ara torno!

Quan va baixar, em vaig fixar que s'havia pentinat.

—Ja podem marxar! —va dir.

A fora a la porta, la fada Desdevent esperava la Flox.

—Vindré amb vosaltres —va anunciar—. En els

temps que corren, com més serem més segurs anirem!

—Molt bé! Marxem, doncs?

De camí cap al jardí, vaig explicar a Bufodotzebufadesdevent tot allò de les varetes i dels problemes que la meva imprudència d'aquella nit havia causat.

—Creus que va entrar per la finestra? —em va preguntar.

—Bé, la porta estava tancada amb clau, en canvi, la finestra estava... Ah, quan hi penso, em tancaria en una gàbia per sempre. Com vaig poder ser tan ingènua? I, amb tot, érem davant mateix!

—Teniu algun sospitós?

—No, no, cap. Però qui ho va fer, havia de saber enfilar-se ràpid —vaig dir.

—No me l'imagino, el Terrible 21, enfilant-se —va dir la Flox.

—Uhm... Jo tampoc —va fer la Pervinca—. Potser va ser un dels seus emissaris, i potser es va tornar invisible i, en comptes d'enfilar-se, va volar.

—Jo només sé que aquesta nit dormiré al llitet dels pares —va anunciar la Babú.

—No caldrà, tresor. Aquesta nit, i totes les nits que vindran, vetllaré per vosaltres cada hora i cada segon, i la finestra quedarà tancada amb l'encanteri d'una fada!

—Però tard o d'hora et vindrà la son. Les fades també dormiu, jo t'he vist! —va dir la Pervinca.

—Tens raó, però podem decidir no fer-ho, si volem, i sense cap esforç —els vaig explicar.

—Les bruixes també tenen aquest poder? —va preguntar la Vainilla—. Perquè si el tenen, jo tampoc no dormiré. I quan algú vulgui entrar a la nostra habitació, el transformaré en... en un colibrí! —va dir.

—Sí! I jo l'incineraré! —va afegir la seva germana.

—PERVINCA! —vaig exclamar. Estava esfereïda.

—Oh, no caldrà, perquè jo ja l'hauré transformat en un ocell inofensiu —va continuar la Babú.

—Sí, però es podria transformar, o sigui que val més que abans el peli!

—NOIES! —vaig tornar a protestar.

—Ja ho veus! No ets capaç d'incinerar un colibrí, et faria massa pena.

—Que burra que ets, no seria un colibrí de debò, seria l'Enemic, i llavors...

—JA N'HI HA PROU! —vaig cridar—. Ningú no incinerarà ningú! Només faltaria! Quan tornem a casa, vull que rellegiu el Reglament Màgic i que us l'aprengueu de memòria. Els poders són una cosa seriosa i no fletxes que pugueu llançar contra qui us sembli. A més, les bruixes no tenen el poder de vetllar eternament. Són éssers humans, com els Mags. I necessiten menjar i dormir exactament com els Nomags, ho hauríeu de saber.

—Perquè vosaltres, què sou, Feli? —va preguntar la Shirley, que no tenia cap fada mainadera.

—Les fades som criatures màgiques! —vaig afirmar una mica massa brusca. Ves, encara estava nerviosa per les paraules que havia sentit: incinerar, pelar... Que fort!

—I viviu eternament? —va insistir la Shirley.

—Bé, vivim molt més que els humans —va intervenir la Desdevent amb veu amable.

—Ella té 1.435 anys! —va exclamar la Flox, orgullosa—. S'ha fet molt sàvia, esclar, i n'ha vist de tots colors. Oi que sí, Desdevent?

—També has estat a la fortalesa d'Arrocar? —va preguntar la Vi.

—Per què em fas aquesta pregunta?

—La Tomelilla ens n'ha parlat avui a classe —vaig dir.

—Ah, ja ho entenc, les zones de la Vall que la

Summa Assemblea ha declarat «prohibides». Bé, Arrocar és sens dubte una d'aquestes zones.

—Fa por, com ens diu la tieta? —va preguntar la Vainilla.

—Por? Oh, sí, fa molta por. Però encara hi ha una cosa pitjor que la por, alguna cosa que només se sent quan ets a prop d'aquella terrible torre.

—Pitjor que la por? Què hi pot haver, pitjor?

—Encara que us sembli impossible, ben mirat la por no és un sentiment tan dolent: t'adverteix dels perills i et pot salvar la vida, de vegades. Allò que sents pujant a la fortalesa, en canvi, et roba la vida!

Les nenes van fer un bot.

—Com et pot, una fortalesa..., robar... la vida?

—És el misteri més antic de la Vall —va respondre la Desdevent—. Mentre puges cap a la fortalesa, alguna cosa t'entra al cor, una mena d'amor cap a l'indret. Una atracció irresistible que t'empeny a pujar cada cop més. El camí és costerut i desavinent, i en l'últim tram unes roques enormes obstaculitzen el pas. Però els qui han emprès aquell camí sempre han arribat al final i ja no han tornat mai més. És per això que la fortalesa us ha de fer por.

—Però tu n'has tornat!

—Ei! Ella és la Desdevent! La fada més forta i valenta del món i...

—Sóc una fada i prou, estimada Flox. En efecte, les criatures màgiques són immunes a l'atracció de la fortalesa.

—La pròxima vegada vull néixer fada! —va rondinar la Babú.

Quan vam arribar a casa dels Burdock, les nenes encara parlaven de la fortalesa i de totes les vegades que s'hi havien acostat, unes més i d'altres menys.

La Marta Burdock ens esperava a la porta de la botiga de les delicadeses. El jardí de les fragàncies era al costat mateix.

Un cor tremola

—Veniu, en Duff i en Grisam ja són al jardí —va dir la senyora Marta. La Babú es va posar vermella com un tomàquet i la Flox ho va notar.

—Prepara't! —li va murmurar a l'orella, donant-li una empenteta per fer broma. Va ser una empenteta ben intencionada, però suficient per causar la tragèdia: la Babú, que de l'emoció li tremolaven les cames, va ensopegar a l'esglaó i va aterrar just als peus d'en Grisam Burdock.

—Has perdut alguna cosa? —li va preguntar el petit mag. Si la dignitat i les ganes de viure es poden definir com «alguna cosa», la Vainilla estava segura que les acabava de perdre totes dues. Va dibuixar un lleu somriure i es va aixecar. Tenia els genolls, la barbeta i els palmells de les mans bruts de la gespa. La Flox s'hi va disculpar i la va ajudar, però la Babú la va empènyer i li va fer morros la resta del dia. Si s'hagués adonat de la fila que feia en Grisam, amb el seu uniforme de mag!

—Era del meu tiet Duff. La mama m'ha dit que demà m'hi farà la vora —havia intentat justificar-se quan vam arribar. «I alguna cosa més que la vora», vaig pensar jo. La túnica s'arrossegava per terra ben bé dos pams i en Grisam l'havia d'aixecar amb una mà per no ensopegar-hi. Estava realment graciós! El senyor Burdock va arribar amb un parell de botes per a les nenes. Estaven decorades amb les essències del seu jardí.

—Val més que us tapeu els mitjons amb les botes —va dir—. Les marietes d'aquí estan acostumades a les nostres herbes i flors, que són diferents de les que hi ha dibuixades als vostres mitjons. Els insectes es podrien confondre, són molt susceptibles.

En Grisam en duia un parell de semblants, però com que la seva túnica els tapava, al voltant seu era un no parar de grills saltant i papallones voleiant i marietes superempipades. Llàstima que la Babú no s'hi fixés, perquè s'hauria sentit millor. En Duff va demanar a les nenes que traguessin de la maleteta les

Pervinca Periwinkle

tisores i els guants de jardiner. Tot seguit va donar un cistell a cadascú.

—La Babú i la Shirley colliran la camamilla —va dir—. Busqueu les flors que s'hagin obert fa poc o que estiguin a punt de fer-ho, espolseu-ne les inflorescències per allunyar els insectes i aplegueu-les en ramets petits, de manera que les herbes puguin respirar. Grisam, tu ajudaràs la Pervinca a tallar les fulles de la consolda i a collir les branquetes d'abròtan. Fixeu-vos-hi bé, les fulles han d'estar fresques i intactes. Les trobareu en aquell racó d'allà.

—Per a què serveixen les branquetes d'abròtan? —va preguntar la Pervinca.

—La mama les deixa assecar i després les posa als calaixos entre els llençols —va explicar en Grisam—. Diu que allunyen les arnes. El tiet Duff, en canvi, les fa servir per cuinar un beuratge fastigós que es beu abans de transformar-se en monstres horribles.

—L'has tastat?

—No puc. Està prohibit transformar-se abans dels divuit anys. A menys que... bé, que estiguis en perill i no quedi cap altra opció. Com et va passar a tu. Vas tenir por?

—Una mica només... Bé, una mica molt —va contestar la Pervinca amb un somriure.

—A mi em sembla que vas ser molt valenta. Vine, t'ensenyaré on són les «nostres» fulles —va dir en Grisam agafant la Vi de la mà.

Els dos nois van marxar junts rient i fent broma, i la Vainilla els va seguir amb la mirada fins que van desaparèixer darrere d'un gran rododendre.

—Flox, on és la Flox? —va preguntar en Duff Burdock mirant al seu voltant.

—És aquí —va respondre la Desdevent a l'altra banda del jardí—. I si no hi feu alguna cosa, senyor Duff, crec que no s'aixecarà mai més d'aquest lloc.

—Ffft, fada efpia! Que jo tamfé eftif collint! —es va sentir murmurar. La Flox semblava tenir la boca plena.

—Ah, sí? I què culls? —va preguntar en Duff, intuint ja la resposta. La Flox estava estirada entre les maduixetes.

—Més que collir, tu te les menges, petita Pollimon! Vine a ajudar-nos, vinga. Hem de trobar l'espunyidella d'olor i la reina dels prats, la *Filipendula ulmaria*, vaja.

Aprofitant la presència vigilant del senyor Burdock,

la Desdevent i jo vam anar a seure sobre una branca de til·ler i, en silenci, vam veure passar la tarda serena al jardí assolellat dels Burdock. Que lluny que quedava ara l'ambient tempestuós de la nit passada! Havia marxat, potser, l'Enemic? Ho desitjava de tot cor, quan de sobte un parell de trons ens van sobresaltar.

—La mare del Tano! —vaig exclamar. La Desdevent i jo vam sortir com coets cap a les nenes, però aleshores un altre tro es va sentir ben a prop de la paret del jardí. Vam sospirar alleujades.

—És només la Prímula Pull, que porta el seu singlot a passejar —va esbufegar la Desdevent, mentre tornava a ajeure's.

Esclar, «només» la Prímula Pull... El seu singlot terrorífic es va endur la meva esperança: si encara en tenia, volia dir que el Terrible 21 no se n'havia anat. Al contrari, estava a prop i potser ja preparat per a un nou atac.

Pobra senyora Pull. I pobres de nosaltres!

Una «murmureria» del Roure

A les cinc, la senyora Marta va arribar amb una safata plena de pastissets i begudes fresques. Els nois es van treure els guants i se li van acostar corrents. Tots menys la Babú, que va venir a asseure's sota el nostre til·ler.

—Quan marxarem? —va preguntar mentre s'asseia a terra.

Ja no podia més, la pobreta. Durant tot el dia, en Grisam només havia tingut ulls per a la Pervinca: junts havien competit a pujar a l'arbre més alt i després a saltar avall. Havien rigut i xerrat tota l'estona i ell no havia deixat de mirar-la. Mentre collien plantes, sovint li havia fregat la mà i una vegada fins i tot li havia envoltat les espatlles amb un braç i l'havia felicitat per la força i l'agilitat que havia demostrat. «Gairebé com un home!», li havia dit en Grisam. El compliment més bonic que un noi li pot fer a una noia!

Sí, el cor de la Babú bategava fort. Vam deixar el jardí de les fragàncies al cap de més d'una hora, una hora interminable per a la Babú. Fora de la botiga, el senyor Poppy esperava la Shirley assegut amb el Barolo a la tartana, darrere la Bess, la poltra. Ens vam acomiadar de la Shirley i vam continuar cap a la casa de la Flox.

Estàvem a punt de passar la Plaça, quan el Roure Encantat ens va barrar el camí amb una branca.

—Ah, hola, Roure. Com va tot? Saps, ens encantaria quedar-nos aquí xerrant amb tu, però fem tard a sopar —vaig dir. Ell no em va escoltar.

—JOOO SÉÉÉ SECREEETS QUEEE VOSALTREEES NOOO SABEEEU! —va bramar amb aquella veuota.

—Ja t'hem dit un munt de vegades que no es fa, això de xafardejar! —el vaig renyar.

—OOOH, PERÒÒÒ LA MEEEVA NOOO ÉS UUUNA XAFARDERIIIA, SINÓÓÓ UNA MURMURERIIIA.

—I què és una murmureria? —va preguntar la Vainilla arrufant el nas.

—És una xafarderia murmurada, i igualment no es fa —vaig dir.

—MILLOOOR AIXÍÍÍ QUE NO CRIDAAADA, NOOO?! ACOSTEEEU-VOS, QUE US HEEE DE MURMURAAAR. FAAA DOOOS DIIIES, EL MAAATABOOOSCOS ES VA ALLUNYAAAR DE CAAASA...

—Prou, Roure! Cridada, dita o murmurada, una xafarderia sempre és una cosa lletja. Ara marxem, sisplau.

—PERÒÒÒ EL MAAATABOOOSCOS...

—El llenyataire McDoc és un bon mag, Roure. No mata ningú, talla els arbres malalts i els que estan morts, i sigui el que sigui que hagi fet, estic segura que deu tenir les seves raons.

—SÍÍÍ, RAOOONS, EN TÉÉÉ, PERÒ LA SEEEVA DOOONA ENCAAARA EN TÉ MÉÉÉS...

—Adéu, Roure. Ja ens ho explicaràs un altre dia —vaig dir, ferma.

El Roure va retirar la branca i ens va deixar passar remugant alguna cosa que no vaig entendre. Des de feia algun temps, parlava més que de costum i s'havia tornat tan lent que per xerrar una estona amb ell havies d'agafar vacances. A més, com que vivia al mig del poble, ho sabia tot de tothom i des de feia uns mesos li havia donat per la xafarderia.

Cacera a la llum

Un cop a casa, les nenes van pujar a l'habitació i jo vaig acostar-me fins a la Lalla Tomelilla, que era al jardí.

—Com ha anat tot? —em va preguntar, en veure'm arribar.

—Molt bé, tret de...

—Tret de què? —La Tomelilla va parar de tallar les roses.

—Crec que la Vainilla té alguna espina al cor.

—En Grisam Burdock?

—Sí. Em penso que la Babú se n'ha enamorat, però en Grisam... en fi, sembla que mostra més interès per la Vi.

—I la Pervinca correspon a aquest interès?

—Em penso molt que sí —vaig contestar.

—Ja t'entenc. Digue'ls que es preparin per sopar, sisplau. I que baixin un jersei negre i ben gruixut.

La Tomelilla en duia alguna de cap i jo ja tremolava, tement saber de què es tractava.

Al sopar, la Babú amb prou feines va tastar res i la seva tieta se'n va adonar.

—Porteu els jerseis? —va preguntar a les nenes.

—Sí, però no fa tant de fred. Ens els hem de posar igualment? —va preguntar la Pervinca.

—Aquí no, a fora! Mengeu el pastís que després sortirem a buscar-lo!

—A buscar, qui?

—El mascle de cuca de llum!

Ho sabia! Ho havia endevinat per la seva mirada, que es tractava d'això! No m'agradava, aquella mena de caça.

Als animals no els passava res, però s'espantaven.

—Oh, no, hi hem d'anar per força? —vaig preguntar.

—Sí, hi hem d'anar —va contestar la Tomelilla aixecant-se de la cadira.

—I si jo em quedo aquí?

—Has de venir, *Sifeliçellaseradirnoshovoldrà*! Et necessitem per atraure'l.

—Això d'obligar-me és abusar —vaig protestar—. No es crida una fada pel seu nom sencer per obligar-la a fer d'esquer en una cacera!

Mentre sortíem al jardí, jo confiava que els animals ja s'haurien traslladat tots a una altra banda. En canvi, el prat estava més viu que mai. Els grills devien haver desafiat les granotes a una competició de cant: aquestes raucaven a plens pulmons, i els grills havien cridat fins i tot els seus amics més llunyans per plantar cara a les granotes. Era difícil dir qui guanyava en aquell festival de sons!

A sobre seu, entre les plantes, dansaven silencioses milers i milers de petites llums.

—Feli, ja pots començar —va murmurar la Tomelilla.

—Jo ja he obert el pot.

—No és just!

—Mou-te!

Em vaig situar darrere d'una azalea i vaig començar a emetre espurnejos ràpids i breus. Per als mascles de les cuques de llum, allò era el senyal que es reunien tots.

De fet, al cap de poc els vaig veure arribar tots cap a mi.

Quan van ser prou a prop, la Tomelilla va sortir de

els nostres amics
Àlbum núm. 2

PUB

El Gran arbre

La Prímula

La Margarida de Transvall

En William McCrips

En Lliri Martagon

Amics d'ahir i d'avui

En McMike

En Matthew Fox

En Butomus Rush

El capità Talbooth

La Marta
En Vic
En Duff
i
en Grisam

La família Burdock

En Bernie
La Rosie
L'Hortènsia
i
«la Flox»

La familia Pollimon

La Shirley Poppy
amb Mr. Berry

Boscdeldavant

La casa dels Pimpernel

Per tradició,
cada any, l'alcalde
i la seva família
celebren el solstici
d'estiu amb un sopar
de gala al qual
no es convida
cap nen.
Potser per això
no hi va mai ningú...

Els Pimpernel

Adelaide Pimpernel,
Emeraldo Pimpernel,
el famós alcalde
de Fairy Oak,
el seu nét
Pancrazio Pimpernel,
l'actual alcalde
del poble
i la Scarlet

La família de l'alcalde

darrere el matoll i en va atrapar un dins el pot. El pobret llançava un frenètic senyal d'ajuda.

—Ara, afanyeu-vos —vaig dir, empipada.

La Tomelilla va ensenyar el pot a les nenes.

—Només els mascles de les cuques de llum volen. Si apreneu a entendre el seu llenguatge, tindreu uns aliats molt útils en moments de perill. Observeu bé la intermitència dels seus senyals: està avisant els altres perquè s'escapin. Quan torneu a veure aquest senyal, fugiu també vosaltres, d'acord?

La Tomelilla va deixar una estona les nenes perquè memoritzessin la seqüència de les llums. Aleshores va obrir el pot.

L'insecte va sortir disparat i va anar d'un pèl de no poder evitar que se'm tirés a sobre.

—Fantàstic, ara ja tinc un enemic més! —vaig dir—. Podem tornar o hem de torturar algun animal més?

—Oh, sí, agafem-ne un altre! —va demanar la Vi. Li agradava mirar els animals de prop, sobretot els insectes.

—Prou de tortures, però encara no hem acabat —va dir la Tomelilla—. Hi ha una altra cosa que hem de fer: Pervinca, tens aquí la teva brúixola?

La Vi va passar a la seva tieta un estoig de lli vermell.

—No me la donis. Mira-la!

La Pervinca va treure el petit objecte i va descobrir, meravellada, que l'esfera s'havia transformat en un cel d'estrelles que vibraven com les petites gemmes damunt els nostres caps.

Valia la pena haver esperat!

—Aquesta brúixola orientarà el teu vol quan els núvols i la tempesta t'impedeixin veure el cel i el camí cap a casa —va explicar la Tomelilla.

La Pervinca va mirar atentament la brúixola una estona, emocionada.

Aleshores, com si s'hagués recordat d'alguna cosa, de sobte va obrir els ulls.

—Jo no sé volar! —va exclamar.

—Ets una bruixa, i tant que saps volar! —va dir la Tomelilla.

—No, no, ho dic de debò. Aquest matí he fet una prova, i si no arriba a ser per la Babú, m'encasto directament contra l'armari!

—Aquest matí era aquest matí. Prova-ho ara.

—Sí, així aquesta vegada cauré a sobre les roses o entre les ortigues. No, gràcies.

La Pervinca va fer una reverència i es va dirigir cap a casa.

—Prova-ho! —va insistir la seva tieta.

—Si t'ho diu ella, te'n pots fiar —vaig intervenir jo.

La Pervinca es va aturar.

—Només ho provaré si la Babú es posa davant meu com ha fet avui —va dir.

La Vainilla va dibuixar un estrany somriure.

—I qui et diu que em ve de gust fer-ho?

—Ningú.

—Aleshores ho faré —va dir la Babú buscant un lloc a la gespa. La Pervinca es va allunyar uns quants metres.

—On vas? —va preguntar la Tomelilla.

—Agafo embranzida.

—No diguis bestieses! No fa falta agafar embranzida! Aixeca't i vola, vinga!

La Pervinca va sospirar fort, va tancar els ulls i...

—Que volo? Estic volant? —va preguntar sense mirar.

—Obre els ulls, ximpleta, i mira-ho tu mateixa —va cridar-la la Babú rient.

La Pervinca s'havia enlairat dos metres i flotava com una cuca de llum.

—VOLO! VOLOOO! —va cridar, boja d'alegria.

Els crits de les nenes van atraure la Dàlia al jardí.

—Vine a veure-ho, tresor, la Vi està volant! —va cridar alegre dirigint-se al marit. En Cícero va sortir corrents.

—Per totes les criatures màgiques d'aquest regne endimoniat! Vigila no et facis mal!

—No et preocupis, papa, és molt fàcil! —el va tranquil·litzar la Pervinca—. Vine, Babú!

—Per cert, la Babú també sap volar —va dir en Cícero, tentinejant—. Quina família que tinc!

—Estan creixent, amor meu, i no podem fer-hi res —el va consolar la Dàlia, mentre l'agafava afectuosament pel braç—. A mi també em sap greu, no creguis, però està escrit en la naturalesa de les coses que les nostres nenes creixin.

—I és molt fàcil, això de volar. Mira'm, papa! —La Vainilla va intentar aixecar-se, però els peus no se li van moure ni un centímetre. Ho va tornar a provar, i com que no passava res, va preguntar, desconcertada, a la seva tieta.

—Si sé volar, com és que ara no m'aixeco?

—Perquè ja és de nit, bonica, i tu ets una Bruixa de la llum.

La Vainilla es va quedar una bona estona callada. Després, observant la seva germana que donava voltes entre les branques dels arbres, va murmurar:

—Vol dir que no podré volar mai amb ella?

—Sí que podràs —va respondre amb calma la Tomelilla—. Quan siguis una mica més gran i hagis entès millor el poder de la nostra màgia. Que és immensa, Babú, molt més del que et puguis imaginar.

La Vainilla va observar novament la seva germana i aquesta vegada tenia la mirada plena de nostàlgia. Asseguda a la seva espatlla, vaig sentir com respirava profundament i com deia en veu baixa:

—És la cosa més bonica que podem fer, i no la podem fer juntes.

Instintivament, vaig tornar a pensar en aquelles dotze hores que havien separat els seus naixements: el destí havia volgut que fossin diferents des del primer dia. Més endavant, durant uns anys, havia permès que les seves vides correguessin paral·leles. Ara, de nou, les estava separant. Eren dues persones idèntiques, amb poders oposats: Llum i Foscor, com dues cares de la mateixa moneda, unides i separades per sempre. Per què?

La resposta va venir amb el temps. En aquell moment, em vaig limitar a acariciar els cabells de la Vainilla, en silenci.

El diumenge a Fairy Oak

Els diumenges al matí, a Fairy Oak, els pescadors del poble deixaven, a les escales de les portes de casa, una cistella de peix fresc; els moliners, una barra de pa d'olor boníssima; els lleters, una gerra de llet acabada de munyir; les àvies, un tros de pastís fet a casa; la florista, un pom de flors oloroses; els pagesos, una bossa de fruita i uns quants ous encara tebis, i els fusters, una agulla d'estendre, on hi havia gravada la cara d'un d'ells, un habitant de la Vall: així, la roba estesa semblava una petita Fairy Oak.

M'agradaven, els diumenges al matí.

Les nenes, després de llevar-se, corrien a agafar els regals a la porta, mentre la Dàlia i la Tomelilla preparaven l'esmorzar. Dir-ne esmorzar, però, era quedar-se curt: un àpat, més aviat, que començava amb coses dolces i acabava amb coses salades. Al senyor Cícero li tocava fer els bunyols, perquè en qüestió de bunyols era un mestre. Els feia saltar enlaire sense que caiguessin: una, dues, tres, fins i tot quatre vegades! Era un espectacle. I imagineu-vos a qui li tocava recollir els que acabaven esclafats al sostre? Per sort no eren gaires.

Aquell primer matí de diumenge després de l'atac ens pensàvem que no trobaríem res. Els ciutadans de Fairy Oak s'havien quedat gairebé tots a casa i els pescadors també havien limitat les seves sortides nocturnes. El Capità Talbooth era un cas a part. A ell ningú no li impediria mai salpar amb el *Santhome* a la claror de la lluna. «Ni el més horrible dels dracs de foc», deia sempre. «A la nit es pesca bé i a mi ningú no em toca els nassos».

Però, ben al contrari, a les escales de davant la porta les noies van trobar una cistella de peixos frescos i, amb gran sorpresa nostra, també uns quants ous i el pastís i les floretes, el pa calent i l'agulla d'estendre, on aquest cop hi havia gravada la cara d'en Tommy Corbirock.

Dintre la cistella, la Tomelilla hi va trobar una nota.

—És d'en Duff. Diu que ha de parlar amb nosaltres i que vindrà cap a la una.

El senyor Cícero va obrir la nevera i va agafar més ous per fer l'arrebossat.

—Golafre com és, hauré de preparar una ració doble de bunyols! —va rondinar.

—I jo agafaré els que s'han quedat allà a dalt —va dir la Vainilla volant fins a tocar el sostre amb un dit.

—Et concedeixo l'honor —vaig contestar fent-li una reverència—. On és, la Pervinca?

—Està escrivint un Contrareglament Màgic —va anunciar la Vainilla clavant queixalada a una galeta—. Diu que el d'ara està equivocat, i jo hi estic d'acord.

—Un Contrareglament? —va preguntar sorpresa la Tomelilla—. I què pensa fer-ne?

—Què PENSEM fer-ne. Parla en plural, perquè jo l'ajudaré a recollir les firmes i a presentar a la Summa Assemblea dels Mags el Contrareglament firmat per tothom, i així es veuran obligats a canviar aquest vell i estúpid codi que...

—Mesura les paraules, senyoreta! —la va renyar la seva tieta—. Aquest vell i estúpid Reglament, com l'anomenes, va ser escrit per dos Savis en bé de la comunitat. I estableix que...

—...Serà legal usar la màgia a l'escola! —La veu de

la Pervinca va ressonar solemne a les escales.— No per canviar les notes o per manipular els exàmens, sinó per jugar durant el pati i treure's de sobre els xafarders.

—Visca! —va cridar la Vainilla.

La Pervinca va continuar:

—Regla número dos: qui vulgui es podrà transformar en allò que vulgui quan vulgui. A banda dels monstres carnívors i els polls, que queden prohibits per raons òbvies.

La Tomelilla es va agafar el cap entre les mans.

—El que han de sentir les meves pobres orelles —va rondinar.

—Regla número tres: tothom podrà volar quan li sembli i li vingui de gust, de nit i de dia. Sobretot si són germans o germanes. Uhm, caldrà explicar-la millor, aquesta —va dir, apuntant alguna cosa al full.

—Abans que continuïs aquesta llista, em deixes precisar que el vol no està reglamentat en el codi, sinó en la naturalesa dels nostres poders? —va comentar la Tomelilla.

—Els Summes Savis se n'hauran de fer càrrec igualment! —va contestar la Pervinca, ferma—. Regla número quatre: qui infringeixi el codi per amor serà premiat per la comunitat i en honor seu es plantarà un arbre al Bosc-que-Canta.

La Tomelilla va fer el gest de tornar a parlar, però finalment no va dir res. Va mirar la Pervinca. Va girar cua i se'n va anar, amb el cap ple de pensaments.

—Regla número cinc... —La Pervinca estava a punt d'enunciar la cinquena regla quan en Duff Burdock va trucar a la porta.

—Ja hi vaig jo —va dir la Dàlia—. Vosaltres dues aneu a rentar-vos i vestir-vos, i després pareu la taula.

Mentre corrien cap a dalt, vaig sentir la Vainilla que felicitava la seva germana.

—És fantàstic, Vi! Bravo! I així què diu, la regla número cinc?

—Aaah, la cinc t'agradarà...

—Aquest llapis és un dels meus?

—Sí, després te'l torno.

L'olor de la traïció

En Duff Burdock va arribar amb una bossa sota el braç.

—Ah, hola, Dàlia —va dir en entrar—. He vingut una mica abans, però volia donar-los a en Cícero abans que...

—Passa, passa, és a la cuina —el va saludar la Dàlia.

—Bon dia, Feli!

—Senyor Burdock, heu portat els ous? —No vaig poder acabar que de la cuina va arribar la veu del senyor Cícero.

—Quants bunyols creus que he de fer per omplir la teva panxota, sac de carn?!

Ara ja ho havia sentit.

—Oh, veig que ja tens la pasta... —va dir el senyor

Burdock entrant a la cuina—. Afegeix-hi aquests ous, vols...? Uhm, hi has posat poc sucre.

—Fuig d'aquí i deixa'm treballar, tros d'animal! —va grunyir el senyor Cícero, picant-li la mà amb la cullera.

—Oh, Duff, ja has arribat? —va dir la Tomelilla mentre entrava a la cuina.

—He portat els ous a en Cícero. Espero que no ens hi posarem gaire tard, acabo de recordar que a la tarda havia promès a en Talbooth que l'ajudaria a reparar una esquerda del *Santhome*, de manera que no m'hi podré quedar gaire estona.

Sovint, sobretot si hi havia el senyor Burdock, l'esmorzar del diumenge es transformava de mica en mica en un dinar i després de mica en mica en un berenar. Aquell dia, a les quatre de la tarda, els adults encara seien al voltant de la taula de la cuina...

—Ahir a la nit, al pub vam pensar en un pla per protegir el poble de nit, us ho volia explicar —va dir el mag Duff posant-se una cullerada de mel al te.

La Dàlia es va aixecar i va ajustar la porta de la cuina.

—Farem una ronda! —va anunciar en Duff Burdock.

—Una ronda?

—Exacte, tres homes en torns de tres hores. Voltaran pels carrers del poble i per les muralles exteriors. Dos Mags i un Nomag, que en cas d'atac correrà a donar l'alarma.

—De quina manera?

—Tocarà les campanes de la vella torre, se senten fins al Gogoniant!

—No és pas mala idea, si més no per començar. Com és que no hi vam pensar, durant l'Assemblea?

—Perquè, com és habitual, estàvem embrancats discutint entre nosaltres.

—Sí —va sospirar la Tomelilla—. Ja has pensat en els grups?

—Sí, el primer, aquesta nit, el farem en Meum i jo. El meu germà Vic serà el Nomag del grup. Volem fer una visita als jardins del vell ajuntament. En Grisam ha dit a en Vic que havia sentit sorolls provinents d'allà...

Assegudes a les escales, les noies ho havien sentit tot. «No es fa, això d'escoltar d'amagat!», les havia renyat. Però, esclar, una història com aquesta no se l'haurien perdut mai a la vida.

Després d'aquella notícia, la Vi es va aixecar i va córrer cap a dalt.

—He de parlar ara mateix amb en Grisam! —va dir—. Me'n vaig un moment a veure'l.

—Però no podem sortir sense dir-ho als pares.

—ESCLAR QUE NO PODEU! —vaig exclamar.

La Pervinca va agafar la seva motxilla.

—Si no m'hi acompanyeu, hi aniré sola!

—Però se n'adonaran i et castigaran tot un any! —va replicar la Vainilla.

—Llavors vine amb mi, així passarem el càstig totes dues juntes.

—Oh, una idea magnífica! —vaig sospirar.

Però la Pervinca estava seriosa.

—No deus estar pensant de debò sortir ara, sense avisar a ningú, oi?! —li vaig dir.

—T'he avisat a tu —va contestar ella—. Feli, jo marxo, menjaré una galeta a casa dels Burdock i tornaré aviat, adéu.

—No pots, et dic!

—Per què no? A veure, no em direu que no esteu intrigades també, és apassionant! En Grisam va sentir sorolls que provenien dels jardins prohibits. Això vol dir que hi havia algú dins! I tenint en compte que és una zona prohibida, aquest algú no era un dels nostres. Que no ho entens?!!! No em puc aguantar, he de saber més coses, o sigui que m'escapo a casa seva perquè m'ho expliqui tot i torno.

—Primer demana permís als teus pares.

—Em diran que no, ho sé perfectament, de manera que no, Feli, no els ho demanaré.

No em deixava cap opció.

—Em sap greu —vaig dir—, però sense permís no aniràs enlloc.

Vaig barrar la porta amb un encanteri i per seguretat em vaig asseure al pom. La Pervinca em va mirar amb cara de pocs amics. Va intentar apartar-me i obrir, però cap ésser humà pot trencar l'encanteri d'una fada. Desconsolada, es va deixar caure al llit.

—Molt bé, doncs —va dir, tirant la motxilla—. Tu guanyes, no hi aniré.

En l'instant en què la Vi va dir aquella frase, una olor estranya, dolça i penetrant, va envair l'habitació.

—Puc confiar-hi? —vaig preguntar, fregant-me el nas.

—Sí, hi pots confiar. Anem a berenar?

Vaig treure l'encanteri a la porta. Però aquella olor em va fer esternudar. Vaig entrar al meu pot per agafar un mocador i aleshores... CLOC! Vaig sentir el tap que es cargolava sobre meu. Només aleshores vaig reconèixer l'olor que m'havia provocat la picor al nas: era la flaire de la mentida!

—OBRE'M, OBRE'M IMMEDIATAMENT! —vaig cridar feta una fúria. La Pervinca es va posar la jaqueta, va agafar la motxilla i va desaparèixer escales avall. Al cap d'un moment, la Vainilla la va seguir.

—Perdona'm, Feli —em va dir—, he d'anar amb ella, però tornarem aviat, t'ho prometo.

Tot el que va passar de resultes d'això m'ho van explicar en bona part, perquè cap fada és capaç d'obrir un tap tancat a traïció. Allò que vaig veure d'aquell terrible dia va ser només la batalla!

El pensament d'una fada

Durant el temps en què em vaig quedar tancada al pot, vaig pensar com anaven vestides les nenes i què s'havien endut: potser inconscientment confiava que, si es trobaven en perill, jo en reconeixeria els colors des de lluny, o identificaria un objecte deixat o perdut. Era un estrany pensament, que aleshores no vaig comprendre. Sabia que, si les nenes es trobaven en perill, donaria el senyal d'avís amb les antenes, i que no necessitaria veure-les per trobar-les. Encara avui, però, puc descriure amb detall què duien el dia que va esclatar el segon atac: la Pervinca duia la samarreta de color pruna amb el gran gira-sol brodat al centre i un parell de pantalons de xenilla lleugera del mateix color que la samarreta, però una mica més foscos. També s'havia endut la jaqueta i la motxilla de l'escola. La Babú, en canvi, portava la roba de color gerani amb petits brodats brillants i el davantal de tela. Què s'havia endut? Res, em va semblar. Però no ho recordava bé...

La discussió

Les noies es van dirigir cap a la casa d'en Grisam, però en arribar a la font van començar a discutir.

—El que has fet és terrible, Vi —va dir la Babú, corrent darrere la seva germana—. La Feli no t'ho perdonarà mai!

—No m'ha deixat cap opció. Com és que no ho entens? —va respondre secament la Pervinca—. Per què has vingut? Et podies haver quedat a casa!

—I què els deia, als papes?

—La veritat, tu sempre dius la veritat.

—I què hi ha de dolent? Tu en canvi no la dius mai! Ni tan sols ara! No vas a casa d'en Grisam només perquè vols saber-ho tot d'aquests «sorollets misteriosos».

—Ah, no? I llavors per què, a veure?

—Hi vas perquè el vols veure i prou!

—Ets una burra, Babú! No entens res!

—Ho entenc tot perfectament. Avui us he vist, ben enganxadets i rient.

—Estàs gelosa! Ara entenc per què emprenyes tant! Torna-te'n a casa, no et vull veure aquí enmig!

—Doncs no, vindré, així veurem qui té raó. I espero empipar-te molt.

—Vés-te'n, Babú, vés a casa a comptar els llapis o a endreçar l'habitació com una bona nena!

—O potser a transformar la Rex en una preciosa agulla de pit. Eh, què me'n dius, hi vaig?

—Oh, Babú, tu no sabries transformar un gripau en una granota, no en tens ni la capacitat ni el valor, com tampoc no tens valor de dir a en Grisam que n'estàs enamorada i no vols que nosaltres dos siguem amics!

La Vainilla va sentir com li pujaven les llàgrimes als ulls.

—T'odio, Vi! T'odio amb tot el meu cor i espero no veure't mai més! —va dir amb ràbia.

La Pervinca es va posar a córrer tant com va poder i va desaparèixer entre els carrers del poble.

Un cop sola, la Vainilla no va saber què fer. Seguir la seva germana, ni pensar-hi, i a casa l'esperava una bona esbroncada. Va decidir anar a seure a la Plaça. A aquella hora, i amb aquella calor, estaria buida i ningú no la veuria plorar. A banda del Roure.

El vell arbre va veure de seguida la nena.

—QUÈÈÈ PAAASSA, PETIIITA PEEERIWIIINKLE? PER QUÈÈÈ ARRUUUFES TAAANT EL NAAAS?

—M'he barallat amb la Vi —va respondre la jove Bruixa de la llum arrossegant els peus.

—OOOH, L'ACAAABO DE VEEEURE CÓÓÓRRER QUE SEMBLAAAVA QUE L'EMPAITÉÉÉS EL DIMOOONI!

—Sí.

—VIIINE A SEEEURE A L'OOOMBRA, PETIIITA PEEERIWIIINKLE. SI ET QUEEEDES AL SOOOL, LES LLÀÀÀGRIMES T'ESCALDARAAAN LA CAAARA.

La Vainilla es va deixar anar en un dels bancs que envoltaven el tronc del Roure. Als seus peus encara eren visibles els senyals de la tempesta.

—L'Enemic t'ha arrencat unes quantes branques, oi?! T'ha fet mal?

—MAAAL? UUUHM, NOOO, COM VEEEUS SÓÓÓN BRAAANQUES PETIIITES, LES SUBSTITUIRÉÉÉ DE PREEESSA. HE SABUUUT EL QUE VA PASSAAAR A CAAASA VOOOSTRA L'ALTRA NIIIT. UNA AVENTUUURA TERRIIIBLE.

—Sí, vaig tenir la possibilitat de ser filla única, però la sort al final em va girar l'esquena.

—OOOH, TU FAAAS SERVIIIR LA LLEEENGUA COM UN GAAANIVET. AIXÒÒÒ SÍÍÍ QUE FA MAAAL!

—Jo no he començat. Ha sigut la Pervinca, que és un escurçó!

—T'HAAA DIIIT ALGUUUNA MENTIIIDA?

—Sí!

—ALESHORES LES SEEEVES PARAAAULES NO ET DEEEUEN HAVER FERIIIT GAAAIRE.

La Vainilla va decidir canviar de tema.

—Saps que la Pervinca és una Bruixa de la foscor? —va dir, acollint a la seva falda un dels gats que vivien a la Plaça.

—ÉÉÉS CLAAAR, SI NOOO EL TERRIIIBLE VINT-I-UUUN NO HAURIIIA INTENTAAAT RAPTAAAR-LA.

—No t'entenc.

—L'EEENEMIC RAAAPTA ELS MAAAGS DE LA FOSCOOOR PER CONVEEENCE'LS QUE PAAASSIN AL SEEEU BÀÀÀNDOL, NO HO SABIIIES?

—Sí, però no només els rapta a ells —va replicar la Vainilla, traient una de les ungles del gat dels fils de la seva bata.

—NORMAAALMENT, SÍÍÍ! AHIIIR DEVIIIA FEEER

UNA EXCEPCIÓÓÓ, O POTSEEER ES VAAA EQUIVOCAAAR.

La Vainilla va mirar el Roure perplexa.

—LA FRAGRAAARIA FREEES ÉS UNA BRUUUIXA DE LA LLUUUM, I A ELLA TAMBÉÉÉ LA VA RAPTAAAR AHIIIR.

—I tu dius que no havia raptat mai Mags de la llum abans?

—NOOO, MAAAI! PER CEEERT, COOM ÉS QUE COORRES TOTA SOOOLA PER AQUÍÍÍ? ON ÉS LA TEEEVA FAAADA?

—Ella... en fi, no ha pogut venir.

En l'aire assolellat de la Plaça van ressonar les notes d'un violí desafinat, senyal que el lutier McMike treballava també els diumenges. La Vainilla no volia que la veiés allà sola, però les informacions sobre els raptes que li estava donant el Roure eren massa importants per deixar-ho estar. Havia de saber més coses i saber-ho aviat.

—Roure, què fa l'Enemic als Mags que rapta? —va preguntar.

—ELS TORTUUURA PER CONVEEENCE'LS QUE S'ALIIIÏN AMB ELL —va contestar l'arbre. La Babú va obrir la boca i va esbatanar els ulls.

—Mare meva! I qui no ho accepta?

—EL TRANSFOOORMA EN PEEEDRA. PER AIXÒÒÒ LA FORTALEEESA CREEEIX DESPRÉÉÉS DE CADA RAAAPTE!

—Ostres! És terrible!

—TERRIIIBLE, SÍÍÍ. POCS ES CREEEUEN AQUEEESTA HISTÒÒÒRIA, PERÒÒÒ SI T'ACOOOSTES A LA FORTALEEESA SENTIRÀÀÀS ELS LAMEEENTS DELS PRESONEEERS. DIIIUEN QUE ÉÉÉS EL VEEENT QUE BUUUFA ENTRE ELS PINAACLES PUNXEGUUUTS, PERÒ JO DIIIC QUE NOOO. CONEEEC EL VEEENT: ELL BUUUFA, XIIIULA I UDOOOLA, PERÒ NO PLOOORA. JO SEEENTO EL PLOOOR DELS MAAAGS I DE LES BRUUUIXES. NO HO SABIIIES TOT AIXÒÒÒ?

—No, la tieta Tomelilla s'estalvia d'explicar-nos aquests detalls.

—AH, SÍÍÍ? ALESHOOORES FEEES COM SI NOOO T'HAGUÉÉÉS DIIIT REEES. ARA VÉÉÉS A CAAASA.

—Primer he d'avisar la Vi! —va exclamar la Vainilla baixant del banc—. Vull dir... Primer he de trobar la meva germana. Gràcies per les inform... ehem, per la companyia. Fins aviat, Roure!

L'arbre va moure les branques per acomiadar-se.

La Vainilla va començar a córrer cap a la casa dels

Burdock: ara tant hi feia, la discussió, només volia trobar la Pervinca i posar-la al corrent de les noves notícies. Però quan va arribar, les bones intencions es van esfumar a l'instant: a través dels barrots de la reixa, la Babú va veure la seva germana que treia de la motxilla el pergamí del Reglament Màgic, mentre en Grisam aguantava uns fulls i una ploma. Havien decidit escriure el Contrareglament tots dos sols? Com? Quan la Vi l'hi havia demanat a ella, la Babú havia acceptat entusiasmada. L'havia felicitat per la idea i li havia donat el màxim suport per recollir firmes. Creia en aquell projecte i li agradava la idea d'ajudar la Pervinca. Per què ara ella l'excloïa? S'havia enamorat d'en Grisam. I ell, s'havia enamorat d'ella???

Amagada entre les grans hortènsies que omplien la paret, la Vainilla va veure com el jove mag treia alguna cosa que fins aleshores havia tingut amagada darrere l'esquena. Era una capseta vermella amb un bonic llaç daurat. En Grisam la va donar a la Vi. I quan la Pervinca la va obrir, un petit objecte va brillar als rajos de sol: era una joia!

La Vainilla va sentir un dolor molt fort a la panxa, com una espasa que la travessés de banda a banda, i un nus que li pujava a la gola. Va fugir corrents, abans de plorar. Decebuda, traïda i humiliada, va decidir que se n'aniria i no tornaria mai més, de manera que va enfilar el camí cap al penya-segat. Ignorava el fet que, durant tot aquell temps, no havia estat sola en cap moment.

Mentrestant, a casa...

Tancada al meu pot, vaig sentir els adults que cridaven per anunciar el berenar.

—Neneees!

Vaig esperar que algú pugés a buscar-les, però això va passar tard, massa tard, quan la trampa ja havia estat parada.

Madame la Desconeguda

La Babú va recórrer el camí que vorejava la platja, va travessar el pont de pedra sobre el torrent Baran i es va enfilar cap al penya-segat. Quan va veure el far, es va recordar que la casa de la Shirley era a prop i aleshores va decidir anar a buscar-la.

Va deixar la costa i es va endinsar al bosc, entre el bruc i les ginestes florides. Estava capficada en els seus pensaments i no prestava atenció ni a la direcció ni al temps que passava, només seguia els camins dels pastors i acariciava les espigues florides.

De cop i volta, però, es va adonar que alguna cosa havia canviat. La vegetació al seu voltant s'havia transformat: en comptes de les flors i dels arbres de la Vall, s'ondulaven al vent plantes que no havia vist mai. La seva olor era intensa i embriagadora. Mentre intentava orientar-se i esbrinar quant feia que caminava, va advertir una figura a la llunyania. Era menuda i ballava silenciosa en un camp de lliris blancs, gairebé tan alts com ella. La petita persona anava embolcallada en un estrany vestit. Una mena de túnica de seda escarlata, amb una cinta molt alta a la cintura, que a l'esquena formava un llaç ben gros. Les mànigues eren força amples i la noia hi amagava les mans. Dels cabells recollits sobresortien flors de peònia, i dos llargs cordills de seda daurada li baixaven pels costats de la cara, pintada de blanc.

La Babú es va ajupir i durant una estoneta va observar la desconeguda: tenia un aire vagament familiar. Tot d'una alguna cosa es va moure entre l'herba! Podia ser una perdiu o una sargantana grossa o una llebre o... La Vainilla va contenir la respiració. Fos el que fos, corria cap a ella, ràpida i invisible. Fins que... sense saber d'on havia sortit, se la va trobar al davant mateix.

—Para, que em fas pessigolles! —va cridar la Babú en reconèixer el gos dels Poppy. El Barolo li estava llepant la cara, orgullós d'haver-la trobat i content de tornar-la a veure.

Quan la Vainilla es va poder aixecar, al seu costat hi havia la desconeguda.

—Tu?! —va exclamar—. Mare meva! No t'havia reconegut. Estàs tan diferent, així...

—Sóc Madame la Papallona! —va exclamar la Shirley. Llavors, de la cinta que l'embolcallava va sortir Mr. Berry.

—Madame... què? —va fer la Vainilla arrufant el nas.

—És la protagonista d'una òpera! —va explicar la noieta—. La meva mare la va interpretar un munt de vegades, quan actuava amb el papa i la tieta Malva.

—La... la teva mare era actriu? —La Vainilla estava atordida. La Shirley, en canvi, semblava la mar de còmoda en aquell context tan estrany. Va assentir a la pregunta de la Vainilla. Tot seguit, amb un elegant moviment de la mà va fer desaparèixer el paisatge de flors exòtiques que l'envoltava i amb un altre moviment va fer tornar de nou els brucs i les ginestes.

—Qui ets realment? —va preguntar la Babú.

—Sóc una bruixa, com tu —va contestar la Shirley—. I des que tinc records, sempre ho he sigut, des del naixement. Sé fer màgies molt difícils. Les vols veure?

—Des del naixement? No vas haver d'esperar que et sortissin les últimes dents? Que estrany! El teu vestit també és estrany, com les teves màgies. Tu crees i fas desaparèixer, hauria de ser impossible. En resum, o ets una Bruixa de la llum, i aleshores fas aparèixer, o ets una Bruixa de la foscor, i llavors fas desaparèixer: però totes dues coses alhora... No entenc res.

La Shirley va somriure.

—Vine —va dir, agafant la Babú per una mà.

Les dues nenes van travessar el camp escortades pel Barolo, que anava fent saltirons. Van caminar per un rierol, es van endinsar en un bosquet i finalment van anar a parar darrere d'una granja.

La Shirley va passar la tanca i la Vainilla la va seguir.

Mentrestant, jo...

La Dàlia va entrar a l'habitació per buscar les nenes. Com que no les va trobar se'n va anar. Estava tan convençuda que jo devia ser amb elles que no va mirar el pot. I estava tan nerviosa que no va sentir els meus crits. Va dir a la Tomelilla i en Cícero que se n'anava a casa de la Flox. «Oh, no, no», vaig pensar, «a casa dels Pollimon, no». Aleshores vaig sentir en Cícero i en Duff Burdock que deien que anirien a casa d'en Grisam.

—Són allà —vaig cridar. I vaig sospirar alleujada: aviat les trobarien i tot se solucionaria amb un càstig general. Però, aleshores, per què continuaven tremolant, les meves antenes? Tenien un pressentiment, percebien un perill... La Babú! La Babú corria perill!

—Ràpid! Ràpid! —vaig tornar a cridar—. Busqueu la Babú! La Babú està en perill!

La granja dels Poppy

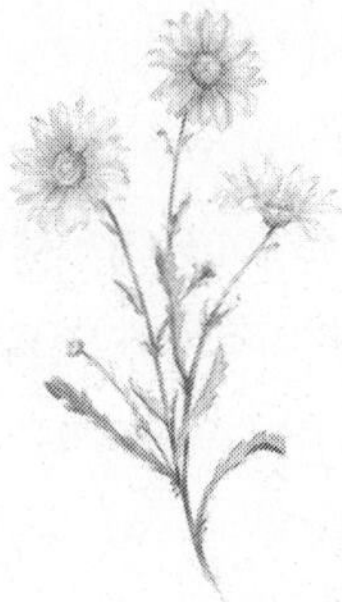

A la granja hi havia molts animals: oques, ànecs, gallines. La Babú volia jugar-hi, però la Shirley estava decidida a ensenyar-li un vell carro abandonat al prat de davant de casa.

—Era dels meus pares —va explicar—. Amb aquest carro van voltar pel món, portant comèdies i tragèdies de poble en poble. La gent acudia i de vegades pagava entrada per veure'ls actuar: «Veniu, gent! Veniu a veure la fantàstica Aberdeen en el paper de la gitana maragda!», cridava el papa. Ell dibuixava els decorats i la tieta Malva cosia els vestits de la mama. Són aquí dins... —La Shirley va ensenyar a la Vainilla un gran bagul ple de vestits, alguns d'aspecte preciós, d'altres poc més que draps.— M'han dit que era molt guapa i que excel·lia en tots els papers que interpretava: reines, princeses, gitanes... Jo no la vaig arribar a conèixer mai.

—No vas conèixer la teva mare?

La Shirley va fer que no amb el cap.

—Va desaparèixer el dia que vaig néixer. L'últim cop que la van veure era a les roques del far. Crec que el mar se la va endur. Per això no m'acosto al mar: es va endur la meva mare.

—Em sap molt greu —va dir la Babú, fregant-li una mà.

La Shirley va tancar el bagul i va baixar del carro.

—T'ensenyaré una altra cosa...

Van entrar a la casa, i si el carro dels actors havia impressionat la Babú, la casa la va deixar petrificada.

S'hi amuntegaven els objectes més estranys que la Vainilla havia vist mai: llums de vidre bufat, gerros lacats, pipes de més d'un metre de llarg, escuts familiars i retrats reials, teteres absurdes, teixits que feien de quadres i papereres que eren barrets... No hi havia un sol centímetre d'aquella casa que estigués buit. I, per totes bandes, cortines i coixins de colors tornassolats, alguns enriquits amb fines monedes d'or, d'altres amb gemmes i pedres precioses. La Shirley va explicar a la Vainilla que la majoria d'aquells objectes provenien de l'Est Llunyà i que eren regals fets per prínceps i emperadors a la seva família.

—Era la seva manera d'agrair-los aquella distracció tan agradable, saps? —va dir la Shirley—. Pensa que van actuar fins i tot per al maharajà de la Maltèlia!

—Caram. I on és, la Maltèlia? —va preguntar la Babú.

—Oh, molt lluny. Trigues unes quantes hores a arribar-hi.

La Vainilla va pensar que la Shirley li deia una mentida. Calien mesos i no pas hores per arribar a l'Est Llunyà. Però potser s'equivocava. Però ja no va preguntar res més i va seguir la noieta amunt per una escala de fusta molt inclinada.

—Aquí dormo jo —va dir la Shirley, mostrant orgullosa el raconet que s'havia fet a les golfes.

A la Vainilla li va semblar un lloc molt còmode i confortable.

—Tant de bo jo tingués un raconet tan bonic només per a mi! —va dir.

—Espera't, que l'agafo. —La Shirley es va ficar sota el llit.— La guardo aquí perquè el meu pare creu que hi perdo el temps. A mi em sembla que s'equivoca. —Al cap d'un moment va sortir amb una teranyina al cap i una carpeta plena de fulls.— Ets la primera persona a qui els ensenyo —va dir mentre li passava un plec a la Vainilla.

—Què són?

—Dibuixos! Vinga, obre.

La Babú encara no havia desfet del tot el llaç que la carpeta es va obrir i centenars de fulls van volar i es van escampar per terra.

—Perdona'm, em sap greu. Sóc un desastre. Ara te'ls recullo.

—No t'amoïnis, a mi també em passa sempre —la va tranquil·litzar la Shirley—. Potser hauria de tenir una altra carpeta per guardar-los tots.

La Vainilla, però, no la va sentir: havia recollit alguns

fulls i se'ls mirava meravellada. No havia vist mai uns dibuixos tan bonics. Eren d'animals, sobretot dels que hi havia a la granja, però també del bosc: esquirols, daines, un gripau enorme amb un aire tot esnob, picots i porcs espins. També hi havia un salze preciós.

—Són tan bonics que semblen vius —va dir la Babú. A terra va veure diversos retrats: el senyor Poppy esculpint alguna cosa, la tieta Malva cosint i...

—Ei! Si aquesta sóc jo! —va dir la Vainilla—. Quan me'l vas fer?

—Ahir a la nit. Ets tu al penya-segat. T'hi assembles, oi?

—I tant! El vull, però abans me l'has de firmar!

—Oh, no cal. Ja saps que te l'he fet jo.

—Sí, però la firma de l'autor dóna més valor a l'obra. Vinga, firma-me'l!

—Potser un altre dia.

—I quan? Tens una ploma? Va, escriu aquí «Shirley».

—No, de debò. M'estimo més que no.

—Au, va, per què no me'l vols firmar?

—No és que no vulgui. —La Shirley va fer un llarg sospir i Mr. Berry se li va acostar per fer-li una carícia.

—No t'agrada el teu nom, és això?

—Jo no sé escriure! —va admetre la Shirley abaixant la mirada.

El teu nom ets tu!

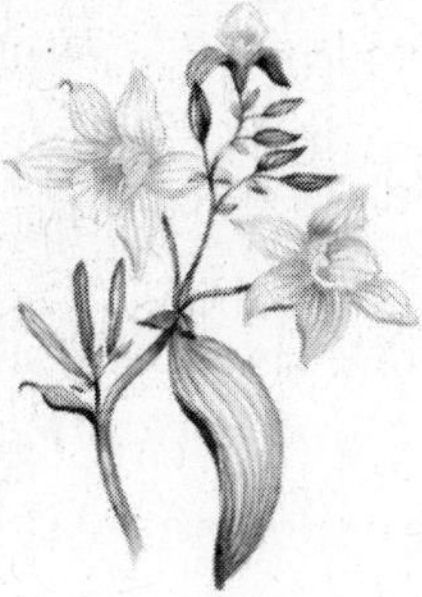

La Vainilla es va quedar en silenci. Aleshores va recordar la reacció que la Shirley havia tingut davant del regal de la seva tieta.

—No passa res. Jo te n'ensenyaré —va dir—. Tu, en canvi, m'ensenyaràs a dibuixar i a fer aquelles precioses màgies que he vist al prat. Què et sembla?

La Shirley va somriure i va fer que sí amb el cap.

—D'entrada, aprendràs a firmar. Agafa la ploma que et va regalar la tieta Tomelilla.

—Oh, no escriu, aquella ploma!

—Ahir, quan la vas provar, escrivia.

—Sí, després vaig intentar escriure una paraula i... mira, si t'ho dic no em creuràs. Val més que ho vegis tu mateixa —va dir la Shirley agafant la ploma de gran duc.

La Babú va sucar la punta de la ploma a la tinta i va escriure el seu nom:

—Va-i-ni-lla. Funciona perfectament! —va dir, ensenyant el full a la Shirley.

—Ah, sí? Mira...

La Shirley va recolzar la ploma al paper i va fer un gargot que recordava una senyora grassa. Estava molt concentrada, i per ajudar-se treia la llengua i movia els llavis.

—...bbbB —va pronunciar. A continuació va fer una mena de caseta que havia de ser una A. La Vainilla ho va intuir perquè la Shirley tenia la boca molt oberta.

—BA —va dir la nena. Aleshores va començar a escriure la tercera lletra: Va dibuixar una altra senyora grassa, però es va aturar massa aviat, i en lloc d'una B va escriure una P. Tot d'una, amb una fúria increïble, la ploma se li va separar de la mà, va fer una gran X sobre la P i, furibunda, se'n va tornar a la seva capsa i la va tancar. La Vainilla se la va mirar esbalaïda.

—Ho veus? Ahir a la nit va fer el mateix —va explicar la Shirley.

—És genial! —va exclamar la Babú esclatant a riure—. Que no ho entens? La ploma es nega a escriure els errors! I no només això, te'ls fa veure perquè els puguis corregir! Si la Pervinca tingués una ploma com aquesta —va continuar rient— s'acabarien barallant: la Vi es divertiria escrivint malament només per veure com s'empipava la ploma!

Les dues nenes van riure. Aleshores la Babú va agafar la mà de la Shirley entre les seves.

—Què volies escriure anit? —va preguntar.

—Oh, tant és —va contestar ella—. Ajuda'm a firmar el teu dibuix, en lloc d'això.

Guiada amb suavitat per la Vainilla, la Shirley va començar a escriure el seu nom:

S H I R L E Y

—Perfecte —va dir, finalment, la Vainilla—. Aquesta ets tu.

—El meu nom.

Per com va pronunciar aquelles paraules, semblava que la Shirley Poppy acabés de descobrir el món, en comptes de set petites lletres.

El so d'un dels rellotges de baix va fer sobresaltar la Babú.

—Les set? És tardíssim! He de tornar, els meus pares ni tan sols saben que sóc aquí! Dic adéu als teus pares i marxo.

—Oh, el papa no hi és i la tieta Malva està cosint. I quan cus no sent res, i cus sempre... —va explicar la Shirley.

—Sí, ja ho he sentit a dir. I què cus? —va preguntar la Vainilla seguint la nena escales avall.

—Vés a saber! No ho ensenya a ningú. Es passa el dia al seu taller i només surt quan és negra nit.

—I qui s'ocupa de tu durant el dia?

—El Barolo! I Mr. Berry i també l'Antena, la cigonya que dorm a la nostra teulada.

—Sí, però qui cuina, qui renta i qui planxa?

—Jo —va contestar la Shirley—. I de tant en tant el papa. Però no és per felicitar-se'n.

—Tu cuines? —La Vainilla va pensar que la seva nova amiga tornava a mentir.

—Les truites de bledes i el suflé d'agrelletes són la meva especialitat. Si vols, un dia te'n cuinaré per a tu.

La Babú va sacsejar el cap: ella i la seva germana amb prou feines sabien escalfar-se la llet!

—T'acompanyaré un trosset —va dir la Shirley fent camí.

El Bosc-que-Canta

Van travessar l'era. El sol s'havia amagat darrere els núvols i la Babú es va fixar que les gavines volaven ben amunt: senyal que estava a punt de ploure. Es va preocupar, i encara més quan va veure que, en comptes d'anar en direcció al poble, la Shirley havia agafat el camí cap al bosc.

—On anem?

—Segueix-me, conec una drecera! —va respondre la noieta amb seguretat.

Van caminar fins a una clariana i la Shirley es va aturar.

—Sovint vinc a dibuixar aquí —va dir—. El papa no ho vol, perquè diu que el Bosc-que-Canta no és un lloc per a nens. Però a mi m'agrada...

—Som al Bosc-que-Canta? —La Babú feia uns ulls com unes taronges.

—Però... que no ho saps? Aquests arbres són ciutadans de la Vall que van infringir les lleis. Anem-nos-en! —va exclamar la Babú aterrida.

—Per què? No fan res —va dir la Shirley—. És veritat, van infringir la llei, però la majoria d'ells ho van fer per amor.

Deuen estar contents de tenir una mica de companyia. Mira aquest, per exemple. —La Shirley va assenyalar un bell salze de fulles primes.— Estic segura que no va fer res de dolent, i si ho va fer, va ser per al bé d'algú. No el trobes increïblement fi i elegant? És el meu preferit!

La Vainilla va reconèixer l'arbre del dibuix.

—Sí, tens raó, no té aspecte de ser un criminal perillós. Qui sap qui era... Ei, què ha sigut, aquest soroll? Tu també l'has sentit?

—La tieta Malva sosté que els presoners del Bosc sempre canten una cançó, una mena de cançó de bressol per als qui han estimat. Per això n'hi diuen Bosc-que-Canta. El papa, en canvi, diu que quan se sent aquest so és hora de girar cua perquè s'està aixecant vent fort. No et sabria dir qui té raó, però a mi m'agrada més la teoria de la cançó.

—Ara sí que és realment tard. Me n'he d'anar —va

dir la Vainilla, sentint que per avui ja n'havia tingut prou, de sorpreses i meravelles. Just aleshores, el Barolo i Mr. Berry van alçar els morros i van començar a ensumar l'aire.

—T'acompanyo un tros, així t'ensenyaré el camí —va dir la Shirley. El ratolí es va enfilar a l'espatlla de la seva propietària i va ensenyar la llengua blava.

—T'agafarà mal de panxa, amic meu —el va avisar la Shirley.

—Però i si tingués la llengua blava perquè hi ha un perill? —va suggerir la Babú, cada cop més incòmoda.

—Que tens por? Vols que t'acompanyem fins a casa?

—I tu després què? No, no, millor que no. Però afanyem-nos, s'està fent de nit i jo ja no puc volar.

—Aleshores t'acompanyarà el Barolo, ell troba sempre el camí de casa.

El Barolo va bordar.

—Bé, ha dit que està content!

—Pots comptar!

—No, de debò. El Barolo no diu mai mentides!

—I tu com ho saps? Coneixes el llenguatge dels animals?

—Esclar! —va contestar la Shirley, seriosa—. No totes les paraules, però el sentit del que volen dir el capto sovint.

—Em prens el pèl, oi?

—No, per què ho hauria de fer?

—Llavors és que ets una bruixa ben especial, Shirley Poppy. Jo no tinc ni la meitat dels teus poders.

—Ara marxeu, ràpid! —va dir la Shirley abraçant la seva amiga.

El Barolo va passar al davant i, amb el nas a terra, va obrir camí.

La mentida de la Scarlet

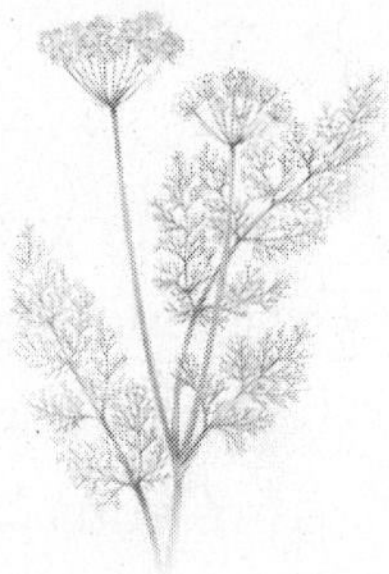

A casa dels Pollimon, la Flox i la seva mare Rosie es van oferir de seguida a ajudar la Dàlia en la recerca, i l'Hortènsia va proposar un pla.

—Les poden haver raptat, és cert, però també es podria tractar només d'una entremaliadura, i fins que no ho sapiguem crec que no val la pena alertar tot el poble. De manera que... discreció! Desdevent, tu sobrevolaràs els carrers i les places i intentaràs posar-te en contacte amb la Feli. Així que en tinguis notícies, vindràs a avisar-me. Rosie, agafa de bracet la Dàlia i vés cap a les muralles exteriors. La Flox i jo anirem cap al port i després a la platja. Si en Cícero i en Duff han anat a casa dels Burdock, segur que ja hauran travessat la Plaça. Per això no cal tornar-hi.

Era un bon pla, però en una cosa s'equivocava l'Hortènsia: en Duff i en Cícero no havien creuat la Plaça. Tement ensopegar la xerrameca del Roure, havien decidit seguir un altre camí.

—Tallarem pel mercat. És una mica més llarg, però tampoc no tant —havia suggerit el senyor Burdock. Estaven a punt de deixar el mercat quan van sentir una veu darrere seu que els cridava pel seu nom.

—Senyor Periwinkle, senyor Burdock, bon dia! —Era la filla de l'alcalde, que havia sortit de vés a saber on.

—Oh, Scarlet, quina sort! Que has vist les meves filles? —li va preguntar de seguida el senyor Cícero.

—Les bessones? Uhm, potser...

—On?

—Senyor Periwinkle, miri d'entendre'm, si l'hi digués quedaria una mica com una espia i jo no...

—Oh, no pateixis, no passarà res. Vinga, on les has vist?

—Tz-tz. Boca tancada amb cremallera! La Vainilla i la Pervinca són amigues meves i no voldria ficar-les en un embolic per res del món.

—Oh, no les ficaràs en cap embolic. Endavant, digue'm on les has vist.

—Senyor Cícero, cregui'm, si li digués on són s'empiparien moltíssim, i només de pensar que poden castigar les meves amigues per culpa meva...

—No hi haurà càstigs, i no m'empiparé, t'ho prometo!

—Ara bé... —era evident que la Scarlet se'ls estava rifant—, potser un petit càstig les ajudaria a créixer.

En Duff Burdock va perdre la paciència.

—Scarlet Pimpernel —va grunyir—, si no ens dius ara mateix on són les nenes Periwinkle, t'agafaré dels cabells, t'arrossegaré a casa de ta mare i li diré que, en comptes d'estar amb la teva tieta Guenda, com vas prometre, estaves vagarejant i espiant els fills dels altres! I bé, on són, doncs?

—No s'atreviria! —va remugar la Scarlet de mala gana.

Davant d'un desafiament com aquest, l'instint felí d'un Mag de la foscor es llepava els bigotis.

—Fem la prova, si vols —va dir el senyor Burdock adoptant l'expressió del gat que convida a jugar la rata—. Jo mentrestant començo a comptar: un... dos...

—D'acord! L'hi diré! —va cridar la Scarlet—. Però ja l'hi adverteixo, no li agradarà! Miss Enamorada Pervinca és al jardí del seu germà, senyor Burdock, fent-se petons amb el seu nebot Grisam, el qual li ha regalat un anell de compromís: de llauna, crec. I Miss Tristesa Vainilla els ha espiat fins fa poca estona, i després ha fugit plorant!

—Fugit on? La Babú no ha tornat a casa! —Era evident que en aquell moment al senyor Cícero no li importava qui havia fet un petó a qui, sinó que les seves filles estiguessin bé!

—M'ha semblat que agafava el camí que porta a la fortalesa —va respondre la Scarlet distretament—, però no em voldria equivocar. Ben mirat, aquell camí porta a tants llocs, oi? Ara, si m'ho permeten, me'n vaig a casa. *Au revoir* i adéu!

La Scarlet va acabar aquella conversa fent una ganyota i el senyor Burdock la va correspondre amb una llengota.

Una està fora de perill...

Al cap de poc, els dos homes van arribar a casa dels Burdock. La Pervinca no estava petonejant en Grisam. El cert és que havia agafat la seva motxilla i sortia de la reixa per tornar a casa, però l'havia feta grossa, i ben grossa.

—Sisplau, papa, davant d'en Grisam, no —va suplicar en veu baixa. Va ser inútil.

—Es pot saber què t'ha passat pel cap? —va cridar el senyor Cícero—. On és, la teva germana?

—Em creia que havia tornat a casa —va balbucejar la Vi.

—A casa no hi és. La Scarlet ha dit que l'havia vist agafar el camí cap a la fortalesa.

—La Scarlet? I què en sap, ella?

—Sí que en sap, sí. Creu-me, la Scarlet sap moltes

coses! I bé, s'ha escapat o no cap a la fortalesa després d'haver-vos vist?

—Vist? La fortalesa? Però de què parleu? La Babú i jo hem discutit fa més d'una hora. Jo he anat a veure en Grisam i ella... no sé on deu haver anat!

—Calma't, Cícero —va intervenir el senyor Burdock—. La Feli està amb ella i la farà entrar en raó.

—La Feli no està amb ella! —el va corregir la Pervinca.

—Què vols dir? És clar que està amb ella!

—No, no ho crec pas.

—Pervinca, t'aviso. Estic a punt de perdre la paciència. Digues el que saps, ara mateix!

Però la Vi no va donar cap més explicació. Va mirar fixament el seu pare als ulls durant un moment, i aleshores va arrencar a córrer cap a casa. Només va dir:

—Vaig a alliberar-la. Vosaltres busqueu la Babú!

—A alliberar-la? —El senyor Burdock es va esverar.— Alliberar, qui?

—Oh, nooo! L'han tornat a tancar al pot! —va exclamar en Cícero picant-se el front amb una mà.

En Grisam va fer el gest de seguir la Pervinca, però el seu tiet el va frenar un moment per l'espatlla.

—Ara vés, noi! Però després ja parlarem, tu i jo...

Lliure!

Vaig sentir uns crits, i després uns passos que s'afanyaven escales amunt. La porta es va obrir de bat a bat i vaig veure la Pervinca que es precipitava a l'habitació cap a mi. Darrere seu hi havia la Dàlia i la Tomelilla.

—Hem perdut la Babú —va cridar la Vi amb llàgrimes als ulls.

—Ho sé! —vaig dir—. No podem perdre temps.

—Saps on és? —va preguntar la Tomelilla.

—Crec que sí, seguiu-me!

A fora, l'Hortènsia i la Desdevent ens estaven esperant.

—Feli, t'he buscat pertot arreu, però alguna cosa interfereix els nostres senyals. He sabut fa només un moment que eres a casa —va dir la Desdevent acostant-se a mi volant.

—No et preocupis. Ara anirem a buscar la Babú.

—Passa tu al davant, jo aniré corrents amb els nois a avisar en Cícero i en Duff. Ja us atraparem! On anireu?

—Al Boscdeldavant! —els vaig dir, mentre m'enduia el grup de la recerca.

—El Boscdeldavant? Però si la Scarlet Pimpernel ha dit al papa que l'havia vist anar cap a la fortalesa! —va exclamar la Pervinca.

—La Scarlet Pimpernel és una mentidera! —vaig cridar, allunyant-me amb les bruixes.

—I nosaltres què fem? —van preguntar la Rosie Pollimon i la Dàlia, que s'havien quedat a terra.

—Avisa el poble, Rosie! —va contestar l'Hortènsia—. Fes sonar les campanes de la torre!

Ens vam girar una última vegada per acomiadarles.

La Dàlia estava immòbil davant la porta de casa i tenia les mans al cor.

—I jo? —va preguntar amb un fil de veu.

—Il·lumina el camí de tornada, Dàlia, i prepara una infusió i llet calenta! —li va dir cridant la Tomelilla—. Tornarem aviat. Tots, t'ho prometo!

L'ombra de l'Enemic

Els llampecs il·luminaven els núvols a l'horitzó i les ràfegues de vent feien difícil caminar: als dos companys de viatge els va arribar l'olor de la pluja. Ja era de nit.

—Tu sents els grills, Barolo? —va preguntar la Babú per trencar el silenci al seu voltant—. Jo no. Sort que ets aquí, si no ja m'hauria mort de por. Pots comptar com deuen estar d'enfadats, els meus pares.

Va començar a ploure.

Un estrany soroll, com una remor, va fer parar el Barolo. En veure'l en aquesta posició, la Babú es va espantar.

—Potser és una guineu —va dir—. N'hi ha moltes per aquí, però no són perilloses, saps? Sí que ho saps. Però llavors per què sembles tan preocupat?

El Barolo va mirar la Vainilla, i la Vainilla ho va comprendre.

—Fugim!

Van arrencar a córrer cames ajudeu-me, perseguits per un soroll de passos, molts passos. Passos humans!

—Espera'm! Espera'm! —va cridar la Babú.

El Barolo va tornar enrere i va seguir corrent al seu costat, bordant per incitar-la a anar més ràpid.

Però el camí era accidentat i, en la foscor, la Babú va caure! Va rodolar per un pendent que li va semblar inacabable, entre esbarzers i roques, va rodolar, rodolar i rodolar. I quan es va aturar, estava sola, al costat d'un mur.

A la llunyania va sentir els lladrucs del Barolo.

—Sóc aquí! —va dir, aixecant-se i espolsant-se les fulles i el fang. Hauria volgut cridar-lo, xisclar. Però tenia por que la sentissin. Qui era que l'empaitava? Va mirar al seu voltant i només va veure foscor. A les palpentes va recórrer el mur fins a una vella reixa rovellada.

I aleshores ho va entendre: havia caigut a prop del vell cementiri cèltic. Les cames se li van paralitzar de la por: «sens dubte, el lloc equivocat en el moment pitjor», va pensar. Què havia de fer? De sobte es va recordar de la brúixola.

—Porta'm al lloc adequat en el moment adequat! —li va ordenar—. Ràpid, digue'm per on he d'anar!

—La caseta a l'esfera va començar a girar vertiginosament. Vuit, nou, deu voltes, i aleshores es va aturar!

—Per allà? —va preguntar la Vainilla, meravellada—. T'equivoques, Fairy Oak és a l'altra banda. Per allà hi ha el Bosc-que-Canta i jo no hi vull tornar.

La Babú va tornar a ficar l'objecte a la butxaca i es va dirigir cap al poble. Però la brúixola va començar a vibrar fort.

—T'he dit que no tornaré a aquell bosc, i punt! —va exclamar la Vainilla, mentre l'agafava per calmar-la.

Quan va alçar la vista, davant seu va veure una cosa que la va animar.

—Una cuca de llum! Tenia raó jo! Aquest camí és segur!

No havia acabat de parlar que va sentir el Barolo que bordava furiosament enfrontat a uns crits terribles. Eren just davant seu i no gaire llunyans. Es va aturar: amb tot aquest rebombori, per què la cuca de llum no se n'anava? La va observar millor i es va adonar que la bestiola dansava en petits cercles concèntrics, just davant seu. Recordant les classes de la tieta, la Vainilla va comptar els centellejos! Tres de curts, un de llarg, un altre cop tres de curts... Perill! Això era el que estava indicant la cuca de llum: perill!

La Vainilla va treure la brúixola i va veure que la caseta continuava marcant que tornés enrere.

Es va girar i, sense pensar-s'ho, va començar a córrer cap al Bosc-que-Canta.

Mentrestant, els lladrucs i els crits ara ja eren una sola cosa: el Barolo estava lluitant per salvar-li la vida. Va sentir un altre cop passos darrere seu i veus tan properes que va poder entendre què cridaven:

—Captureu-la! Captureu-la viva!

Guiats per les meves antenes, vam sobrevolar el penya-segat i ens vam dirigir cap al Boscdeldavant.

—Ha passat per aquí! —vaig cridar, quan vam ser sobre l'antic cementiri.

—Que la veus? —va preguntar la Tomelilla.

—No, encara no. —Aleshores, de cop i volta:— Allà baix!

Aquell enrenou d'allà... Hi ha un gos! Sembla el Barolo! S'està barallant amb... ombres, ombres negres!

—No són ombres, són emissaris de l'Enemic —va dir la tieta Hortènsia ajupint-se—. Són mags vestits de negre, els seus aliats. Baixaré per ajudar-lo. Vosaltres busqueu la Babú! Us atraparé!

Ràpida com un falcó, la bruixa es va separar de nosaltres i va baixar cap a on hi havia el Barolo per emprendre amb ell una tremenda batalla a terra.

La vam observar durant un moment, després la pluja es va intensificar i el cementiri va desaparèixer de la nostra vista.

—Per on, ara? —va cridar la Tomelilla.

No ho sabia. De sobte havia perdut el senyal.

—Hi ha alguna cosa davant nostre, una mena de... d'energia, una cosa enorme que m'impedeix... sentir —vaig balbucejar.

Vaig veure com la Tomelilla s'aturava en l'aire i amb ulls desesperats mirava al seu voltant buscant un rastre. Semblava inerme i espantada i em va impressionar molt veure-la en aquell estat: em sentia ximple i inútil, i per més que em concentrava, no aconseguia captar res més que a mi mateixa.

Mentre intentava endreçar ràpidament les idees, vaig sentir un crit. Una veueta molt llunyana.

—Feliii! Feliii! Sóc aquííí! Aquí baix! —cridava.

—PIQ?! On ets?

—Sóc aquí sotaaa, em veus? Tinc una cosa per a vosaaaltres!

Em vaig ajupir esperant veure la llum de la fada, però els ulls se m'omplien d'aigua i les gotes contra les quals picava em feien trontollar.

—No et veig, Piq, no et puc veure —vaig sanglotar, desanimada.

—Sóc aquí —va dir ella, de sobte a prop.

Em vaig girar i per un moment em vaig pensar que somiava: la Piq havia volat cap a mi enmig de la tempesta.

—Us he seguit i he trobat això a terra —va dir mentre em passava una cosa. Vaig intentar agafar-la, però la Piq va caure uns quants metres avall. Volava molt agitada, i només després de diversos intents vaig aconseguir agafar la brúixola de la Babú. La devia haver perdut.

—Assenyala el Bosc-que-Canta. Aneu, ràpid! —va incitar-me la Piq mentre m'empenyia perquè marxés.

Li vaig donar les gràcies, commoguda, i vaig tornar cap a la Tomelilla.

La batalla

Seguint la direcció de la brúixola, vam volar entre la pluja cap al Bosc-que-Canta. Volàvem baixet amb l'esperança de poder veure la Babú. I, efectivament...

—És allà, està corrent! —vaig cridar reconeixent els colors del seu vestit—. Però hi ha algú darrere seu!

Ens vam llançar en la seva direcció, però un núvol negre va baixar i es va aturar davant nostre. Quan la Tomelilla va intentar travessar-lo, una força invisible la va aturar i la va tirar enrere violentament.

—Frena la bruixa! —vaig exclamar, tement que anés a petar contra el tronc d'un gran arbre. La Tomelilla va deixar de rodolar i es va parar. Tenia la roba xopa de pluja i els cabells embullats, però cap intenció de rendir-se.

Va recuperar forces i es va llançar novament cap al núvol. Però en aquell mateix moment, aquella massa negra es va transformar en un rugent revoltim de llampecs. «Va massa ràpid per poder parar, acabarà allà dintre i la feriran!», vaig pensar. Vaig tancar els ulls i en un intent extrem vaig enviar una bufada de fada. Sabia que, si es mesuren bé i s'envien en el moment adequat, les bufades de fada poden salvar una vida.

—Romp el llamp! —vaig ordenar. Una llum encegadora va envoltar la Tomelilla, i vaig sentir com si em desmaiés. Vaig aguantar la respiració i vaig començar a comptar: «Un... dos... tres». Aleshores una esgarrifança... Sí!

—No et tinc cap por! Lluites amb noves armes, però ara ja et conec! Aquest cop tampoc no ens guanyaràs! —cridava furibunda la Tomelilla cap a l'Enemic.

Estava viva i amb més forces que mai.

Jo, en canvi, estava morta de por! El Terrible 21! Me'l trobava per segon cop, i per segon cop lluitava contra ell per defensar de la seva crueltat les persones que més estimava. I malgrat això, no sabia qui era ni ell sabia res de mi, i això encara m'ho feia tot més espantós.

La veu de la Tomelilla em va arribar com una sotragada.

—Feli, fes-te invisible i vés a buscar la Babú! —va ordenar.

Em vaig espavilar de cop.

—Fada d'aire! —vaig exclamar obeint. Mentre desapareixia de la vista de l'Enemic, vaig veure com la Tomelilla es transformava en una esplèndida libèl·lula. Vaig mig tancar els ulls i em vaig ficar entre la pluja. Vaig esquivar la massa de llamps i em vaig posar a buscar la Vainilla.

Vaig sobrevolar el bosc, mirant en totes direccions, però no semblava haver-hi ni rastre de la Babú. De cop, una petita figura va aparèixer entre els arbres colpits pel vent. Fugia, perseguida per figures sinistres.

—Corre, Babú, corre! —vaig cridar—. Corre tant com puguis!

No podia sentir-me, els trons eren ensordidors i jo encara estava massa lluny. Però vaig continuar cridant i accelerant el meu vol, sabent que no hi arribaria abans que els altres.

Aleshores, tot d'una, la Babú va desaparèixer.

Els emissaris van arribar allà on feia un moment hi

havia la nena i es van aturar, com desorientats. Finalment m'hi vaig acostar i vaig volar al seu voltant. L'Hortènsia tenia raó, eren éssers humans, com els habitants del poble, vestits i encaputxats de negre. Així de prop, vaig poder sentir-los les veus, però no en vaig reconèixer cap.

On era, la Babú?

La branca d'un salze em va fregar l'esquena. Podia veure'm? Evidentment que sí, perquè em va fer senyal perquè el seguís.

Vaig pujar fins a les seves fulles més altes, i quan vaig ser gairebé a dalt de tot es va parar.

Va separar algunes fulles i em va fer una indicació perquè mirés: envoltada per les seves branques, en un niu tou i protegit, hi havia la Vainilla. Estava arraulida i tremolava de por. Les branques del Salze l'havien agafat i se l'havien endut a un lloc segur.

—Babú, sóc la Feli! —vaig murmurar, fent-me visible de nou.

—Feli? Ets tu, de debò? —va dir ella, separant una mica els braços de la cara. Quan em va veure, la seva alegria va ser immensa, i la meva... Hauria volgut calmar-la, portar-la a casa, però no hi havia temps.

—He de tornar a casa de la teva tieta —vaig dir—.

Tu queda't aquí i no et moguis fins que no tornis a sentir un altre cop la meva veu, d'acord? No et moguis per res del món, Babú! El Salze et protegirà.

Li vaig fer un petó al front i me'n vaig tornar a la batalla.

A través de la tempesta, vaig tornar a veure la massa de llampecs que es recargolava al cel. Era més grossa i més densa que abans i se'm va fer un nus a la gola. Hauria pogut escapar-me i deixar la meva bruixa al seu destí, però no ho faria mai, de manera que vaig avançar, batent les ales i empassant-me la por. Intentava no pensar en aquells tentacles de foc que, embogits, fuetejaven i espetegaven enmig d'un estrèpit esfereïdor al voltant de la petita libèl·lula. Tenia les ales ferides, però continuava lluitant, fent ziga-zagues entre els llamps i transformant els que podia en fils de seda daurada.

Havia d'arribar-m'hi, dir-li que la Vainilla estava fora de perill: això li donaria un nou vigor i esperances. Em vaig tornar a fer invisible i amb l'ajuda de les bufades de fada em vaig poder posar al costat de la Tomelilla, just el temps per donar-li la notícia.

En el camp de batalla, la por em va passar de cop. Vaig lluitar i vaig aconseguir clavar algun bon cop, però dintre meu no podia deixar de pensar quant de temps resistiríem així.

De sobte, un soroll que no havia sentit en ma vida va fer tremolar la Vall. Era el crit d'un animal gegant. No vaig tenir el valor de girar-me, vaig tancar els ulls i vaig esperar que arribés el final.

No sé què me'ls va fer obrir de nou, perquè ara ja tenia aquell rugit damunt del cap, però l'alegria d'haver-ho fet va ser immensa, ja que allò que vaig veure va superar tota la por, tota la meva imaginació, qualsevol fantasia que hagués pogut crear la meva jove ment: davant meu hi havia el majestuós drac blanc de la Dum i, sobre seu, orgullosa i bellíssima, cavalcava la meva bruixa.

El drac volava elegant i segur entre els llamps, indiferent als atacs: les descàrregues de foc s'apagaven contra ell i no semblaven tocar tampoc la Tomelilla, com si un escut invisible la protegís.

Furiosa i impotent, aquella massa informe cridava i es cargolava de ràbia. Aleshores, tot d'un plegat, es va transformar.

Llamps i trons van desaparèixer i, per un moment, vam creure que havia tornat a l'aspecte de núvol. Però l'eixordador brunzit que emetia ens va convèncer que era alguna cosa nova, alguna cosa que encara no havíem vist i que no voldríem veure mai.

En un tres i no res, un eixam espantós de saltamartins negres amb les potes esmolades com navalles ens va encerclar. Al cap d'un moment, els teníem a sobre. Va ser una de les lluites més terribles que he viscut mai: dalt del drac, la Tomelilla llançava encanteris de papallones, però com més saltamartins transformava, més n'apareixien. Fins i tot les flames del drac ja no semblaven tenir cap efecte sobre ells: cremant i tot, continuaven atacant-nos, traspassant els nostres vestits i ferint-nos.

La Tomelilla, però, no semblava adonar-se'n. Les seves ferides cicatritzaven de seguida i l'energia de la bruixa semblava infinita. Amb tot, l'Enemic havia triat bé la seva arma: sabent que una Bruixa de la llum no pot desaparèixer, havia llançat en contra seva armes minúscules i subtils; es transformés en el que es transformés la Tomelilla, fins i tot en la cosa més petita, els saltamartins l'atacarien.

—No llancis foc, fidel Naïm, sinó vent contra ells! —va cridar la bruixa al drac, mentre s'agafava fort a les regnes.

El drac va començar a batre les seves ales enormes... fort, cada vegada més fort... Em vaig haver d'aferrar bé a la seva crinera perquè no em llancés fora, però la idea va funcionar. Les enormes turbulències creades per aquell poderós moviment van obrir un pas en aquell eixam i vam aconseguir escapar-nos.

Però va ser per poc temps.

Els animals van tornar a tancar de seguida les files del seu exèrcit i, ràpids com el corrent, es van llançar a empaitar-nos.

Vam fugir cap al poble. Després, tot d'una, la Tomelilla va estirar les regnes de la Naïm.

—Així els portem cap a les nostres cases! Els he d'aturar! —va dir, girant-se cap a l'Enemic.

«Els he? I jo?». Vaig buscar la seva mirada per esbrinar què volia que fes: per què havia dit «he de» i no «hem de»? Per què no m'havia donat l'ordre de lluitar? La vaig tornar a mirar, però no es va girar. Dalt del seu drac, esperava decidida l'arribada de l'eixam.

A la llunyania, ja s'entreveien les llums del poble. La Dàlia, seguint el consell de la Tomelilla, les havia fet encendre totes. Vaig respirar fondo un cop i em vaig girar jo també.

—Sóc al vostre costat, Tomelilla, sempre hi seré —vaig dir, situant-me a la seva vora.

No recordo en què pensava mentre veia l'eixam que cada cop es feia més gros. Jo estava amb les criatures més meravelloses que havia conegut mai i això em donava una estranya pau. Això sí, el cor em bategava fort: érem tres contra milions, no podíem guanyar, però podíem frenar-los i així deixar temps als altres Mags per preparar-se. Quina valentia dóna l'esperança!

Finalment, el cor em va deixar de bategar i em va semblar no sentir cap soroll.

Estava preparada.

De sobte, darrere nostre vam sentir un xivarri. Em vaig girar lentament i el cor em va esclatar d'alegria: en Duff, l'Hortènsia, la Desdevent, l'Ètal, la Sobrelaflor i la Piq s'acostaven volant cap a nosaltres. I no estaven sols! Els seguia un exèrcit sencer de Mags que volaven en ajuda nostra: la Calicant Winter, en Butomus Rush, la Matricària Blossom, el mag Card i el mag Meum, la Serenella Beldell, la Regina Strelizia, en Lliri Martagon, fins i tot la De Transvall, la mestra... Tothom, hi era tothom!

Ara sí que podíem guanyar!

La batalla que es va desencadenar va ser llarga i desesperada. Va durar tota la nit i l'endemà, i per a la Vall de Pratverd va marcar el final d'una època. I el principi d'una altra.

Un altre cop junts

Quan la pau i el silenci van tornar a omplir la Vall, la victòria era nostra. Però els signes que havia deixat l'enfrontament van despertar en la Tomelilla una nova sospita.

Mentre els mags i les bruixes es felicitaven mútuament i ajudaven els ferits, vaig volar cap al Salze i la Vainilla. Quan la veig veure estava plorant, potser per l'alegria, pel cansament o per totes dues coses. Li vaig fer un petó en una llàgrima i li vaig somriure.

—Tots estem bé —li vaig dir.

Les branques del Salze es van obrir sobre nostre i lentament ens van baixar a terra, on la Tomelilla i en Cícero esperaven per abraçar la seva nena.

—Estàs bé! —va sanglotar en Cícero, esclafant gairebé la Vainilla en una llarga abraçada.

També el Barolo va venir a fer-li festes, i ella l'hi va agrair.

—No me n'hauria sortit sense tu, ets un amic molt valent —va dir mentre l'acariciava. Tot seguit es va llançar als braços de la Tomelilla.

—Oh, tieta, patia tant per tu...

—Ha sigut dur, sí —va respondre ella—. Ha anat d'un pèl, però ens n'hem sortit.

—Anem a casa. Abans, però, hi ha algú a qui hauries de donar les gràcies...

Agafant la seva tieta de la mà, la Babú va acariciar el tronc del Salze.

—Té raó la Shirley! Ets tot un senyor!

—O tota una senyora! —va intervenir la Tomelilla.

—Sí. Gràcies per haver-me salvat, tornaré a saludar-te tan aviat com pugui! —va dir la Vainilla.

Vam fer el camí de tornada. La Tomelilla, però, es va quedar una mica enrere, com si esperés algú. Tot d'una va somriure i va enviar un petó cap al cel: vaig aixecar els ulls i vaig veure la Naïm, el drac blau de la Dum que donava voltes damunt seu. Va moure les ales en senyal d'adéu i se'n va anar volant.

La Tomelilla em va mirar i em va picar l'ullet.

—Ara anem a casa —va murmurar, mentre jo em deixava caure exhausta a la butxaca de la Babú.

L'abraçada

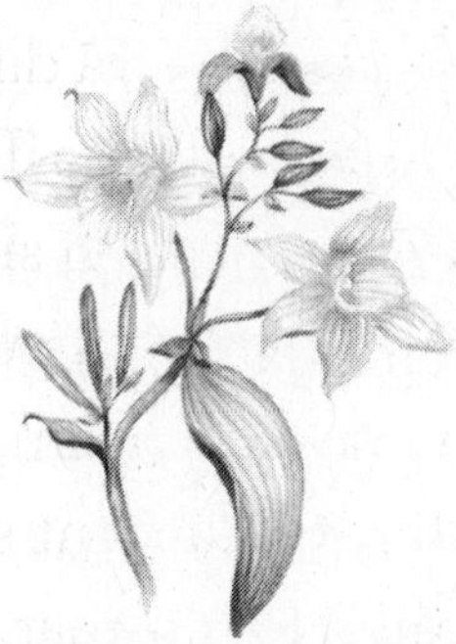

A fora les muralles, tot el poble ens va venir a trobar. Era una gentada discreta i silenciosa; els homes al capdavant amb les torxes, i darrere, les dones amb els nens. No cridaven d'alegria ni aplaudien, però al nostre pas tothom ens oferia alguna cosa: una copa de vi, una manta, un copet a l'espatlla, atencions, medicaments, una frase amable.

—Gràcies!

—Gràcies de tot cor!

—Com ens ho faríem sense vosaltres?

—Esteu bé?

—Hi ha ferits?

—Una batalla espectacular!

De sobte, els crits d'una nena van esvalotar la multitud.

—Deixeu-me passar! Deixeu-me passar! És la meva germana! —deia.

En sentir aquelles paraules, la Vainilla es va apartar d'en Cícero i va córrer cap a la Pervinca. Les dues bessones es van tirar l'una al coll de l'altra.

—Perdona'm! Perdona'm, Babú! —va gemegar la Pervinca.

—No, és culpa meva, tu no has fet res! —va dir la Babú, abraçant-la fort. En Grisam les mirava de ben a prop. La Vainilla també el va abraçar.

Abans de separar-se, en Duff va agafar la cara de la Lalla Tomelilla entre les mans i li va fer un petó al front.

—Ets la millor bruixa que he conegut mai, Lilà dels Senders, i jo sempre estaré orgullós de ser al teu costat —li va dir.

Va veure la Tomelilla que li somreia, un somriure cansat, però ple d'agraïment i de tendresa. Recordo que vaig pensar que haurien fet una bona parella: qui sap si hi havien pensat mai?

La terrible sospita

Aquella nit, els rituals del sopar i els comiats es van desenvolupar en silenci: en Cícero i la Tomelilla van beure un glop de brou i de seguida van desitjar bona nit a tothom; la Dàlia va escalfar llet i mel per a les nenes i els va tallar dos trossets de pastís de xocolata. No va deixar de mirar-les ni un sol moment, i quan van acabar les va acompanyar a l'habitació.

Jo vaig volar cap a l'hivernacle, tot i saber que aquella nit estaria sola. Vaig entrar en la foscor i em vaig posar damunt d'una orquídia blanca des d'on podia admirar el cel. Un altre cop ple d'estrelles.

Bressolada per la fragància de les flors i exhausta de tantes emocions, vaig tancar els ulls i em vaig relaxar. Estava a punt d'adormir-me quan un cruixit em va sobresaltar.

En girar-me vaig veure una ombra que s'aixecava de la cadira de la Lalla Tomelilla.

—Aaah! —vaig cridar espantada. L'ombra va fer un bot, va tirar per terra alguns testos i, com un animal atrapat, es va arrambar al vidre de l'hivernacle. Va ser aleshores, en il·luminar la lluna el seu rostre, que la vaig reconèixer.

—Tomelilla!

—Feli, ets tu?! Que em vols matar d'un atac de cor?

—Digueu-m'ho a mi, em creia que éreu a la vostra habitació. Mare meva, quin ensurt.

—Com és que no estàs amb les nenes?

—Hi ha la Dàlia amb elles.

—Com estàs, fada meva? Encara no t'ho havia preguntat. I no t'havia donat les gràcies pel teu immens coratge. Gràcies, *Sifeliçellaseradirnoshovoldrà*. És un honor tenir-te amb nosaltres. Demà, doble ració d'entrepanets de taronja.

—Tot i haver-ne fet una de grossa, ahir a la nit? —vaig preguntar.

—Ah, sí, no saps la notícia —va dir la Tomelilla tornant a asseure's—. La Desdevent ha parlat amb el Roure, avui, mentre et buscava a tu i les nenes, i saps què ha descobert?

—No, què?

—Ha descobert qui va posar les varetes a la roba de les nenes.

—De debò??? I qui va ser?

—En Cícero!

—En Cícero?

—Ell mateix, amb la col·laboració del llenyataire McDoc.

—Oh, i jo que no l'he volgut escoltar! Havia començat a dir-me alguna cosa, però em pensava que seria una altra xafarderia.

—En Cícero volia fer un regal simbòlic a la Vi i la Babú per celebrar la seva primera classe de màgia i així, amb gran secret, va demanar al llenyataire que li busqués dues branques de noguera sense defectes, i que en fes dues varetes de la mateixa mida. Anit, sabent que jo els ensenyaria els uniformes a l'armari, va entrar i va posar les varetes als vestits. Devia d'haver passat quan tu vas sortir, però va ser una casualitat.

—Pobre senyor Cícero —vaig dir somrient—, un cop que té un detallet màgic... Però per què va posar aquella nota de «No toqueu»?

—Per fer una broma a la Vi, suposo, ja saps com la

irriten les prohibicions. Ara, però, encara no m'has dit com estàs tu.

—Estic bé, Tomelilla, no us amoïneu per mi. Sóc molt petita i semblo fràgil, però nosaltres, les fades, tenim mil vides i mil i un recursos. Lluitaré contra aquest Terrible 21 fins que se n'hagi anat, ja ho veureu! Vosaltres creieu que guanyarem?

—Confio que sí, tot i que... hi ha alguna cosa que no quadra, Feli. Sembla gairebé com si no estiguéssim lluitant contra el Terrible 21.

—Noooo?!? I contra qui, doncs?

—Els senyals que anuncien la seva arribada són els mateixos, i va caure sobre nosaltres el 21 de juny, com en el passat, però aquest Enemic no vol destruir la nostra Vall.

—Ah, no?

—Mira al teu voltant, fada: els seus atacs han deixat algunes branques per terra, han trencat algun test, han destruït les nostres barques, i les campanes ara sonen desafinades, però en el fons tot és aquí encara. La calamarsada del Terrible 21, en canvi, devastava les collites, el seu vent arrencava de soca-rel els arbres i feia volar les teulades del poble, la seva pluja desfeia les muntanyes... No, Feli, jo crec que aquest

Enemic vol la Vall tota per a ell, esplèndida i exuberant tal com és ara! Per això rapta també els Mags de la llum: perquè reconstrueixin demà tot allò que les batalles destrueixen avui.

—I com es combat un enemic d'aquesta mena? —vaig preguntar.

—És una pregunta a la qual no et sé donar una resposta, de moment.

—Bé —vaig dir en to optimista—, ara com ara, l'hem deixat ben estabornit, aquell...

—Aquell que vol posseir la bellesa sense saber-la valorar, jo l'anomeno TROS D'ASE —se'm va anticipar la Tomelilla.

El secret de les bessones

Mentre tornava cap a l'habitació de les nenes, em vaig aturar un moment a escoltar: com que m'imaginava que devien tenir moltes coses a explicar-se, no volia interrompre qüestions delicades.

Com que no vaig sentir res més que la respiració de la casa, vaig entrar. Encara hi havia una llumeta encesa, però les nenes ja dormien. Estaven totes dues al llit de la Pervinca i agafades de la mà. La mà de la Vi que estrenyia la Vainilla tenia un petit anell al dit anular: n'havien parlat? Probablement, sí, i havien arribat a un acord. El gran amor que les unia havia vençut també això.

Si es van dir alguna cosa, va quedar en secret per sempre. Un secret entre germanes, i estava bé així.

Vaig posar la brúixola a prop de la Babú, vaig dir

adéu a la Rex que dormitava allà al costat i vaig apagar el llum. Havia promès que les vetllaria en tot moment, de manera que no vaig ni intentar adormir-me.

Vaig agafar una ploma del meu calaix i vaig posar al dia el meu diari.

Vivia amb la família Periwinkle des de feia deu anys, però la meva gran aventura amb ells començava en aquells dies. I ens havia de reservar encara moltes i increïbles sorpreses.

FAIRY OAK

LLIBRE U

El Secret de les Bessones

Elisabetta Gnone

Fairy Oak és un poble màgic i antic, amagat entre els replecs d'un temps immemorial. El poble és habitat per criatures màgiques i éssers humans, però és difícil distingir els uns dels altres. En efecte, fades, mags, bruixes i ciutadans corrents fa tant de temps que viuen en aquelles cases de pedra que ningú no fa cas de les rareses dels altres. I, al cap de tant de temps, tots s'assemblen una mica! Llevat de les fades, que són molt petites, lluminoses i... volen! Els mags i les bruixes de la Vall les criden perquè tinguin cura dels nens del poble. Aquesta història l'explica justament una d'elles: la Feli, la fada de les dues bessones Vainilla i Pervinca.

LLIBRE DOS

L'Encant de la Foscor

Elisabetta Gnone

A Fairy Oak el temps de la pau sembla destinat a desaparèixer, perquè un antic enemic ha tornat amb esperit de revenja. El Senyor de la Foscor vol governar el món en la fosca i, per fer-ho, ha de destruir l'altra meitat del màgic poder, la Llum. La defensa es confia als Mags, que ja en el passat van aconseguir derrotar-lo, però l'enemic s'insinua entre ells i l'Antiga Aliança trontolla. L'esperança és a les joves mans de la Vainilla i la Pervinca, les bruixes bessones, símbol vivent de l'aliança. Continua així, entre mil aventures, la narració de la Feli, la petita fada lluminosa a la qual s'ha confiat la difícil tasca de protegir les bruixes bessones de Fairy Oak.

LLIBRE TRES

El Poder de la Llum

Elisabetta Gnone

La guerra trasbalsa la bonica Vall. Els habitants de Fairy Oak organitzen la defensa, però el dubte els enverina per dins: l'enemic ha aconseguit insinuar-se entre les bessones? L'Antiga Aliança entre la Llum i l'Esperança? A pesar de l'afecte de la Vainilla, la Pervinca es veu obligada a fugir i és llavors que l'enemic emprèn l'últim atac. Els murs de Fairy Oak semblen resistir, però el Senyor de la Foscor es reserva una sorpresa que trasbalsarà els assetjats... Però potser no tot és el que sembla. La Llum encara ha de demostrar el seu poder i l'amor encara amaga un secret. Amb aquest tercer i emocionant episodi es clou la trilogia de Fairy Oak.

Al cap de quinze, quan vaig tornar a casa,
al Regne de la Rosada de Plata,
vaig descobrir que les fades no se sentien satisfetes
amb el que els havia explicat fins llavors
del poble del Roure Encantat.
Volien saber-ne més coses, demanaven
noves històries, nous records de la meva vida allí.
Emocionada per tanta curiositat
i un interès tan viu, vaig decidir acontentar-les:
els explicaria quatre històries noves,
una història cada nit durant quatre vetllades,
i després no tornaria a parlar del passat,
mai més no parlaria de Fairy Oak.
Sobre els temes, vaig ser precisa
i els vaig avançar:
«Cada història desvetllarà un misteri...».

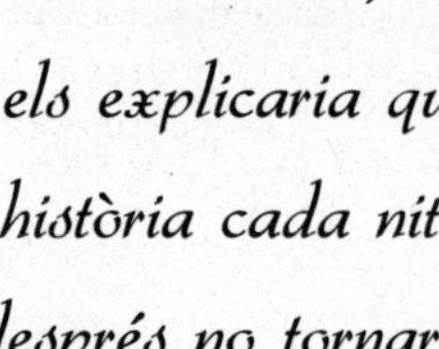

La primera nit vaig parlar de l'Amor
i de cors intrèpids...

EL CAPITÀ GRISAM I L'AMOR

En una cova secreta, amagada entre les cascades gelades per l'hivern, cinc joves amics obren un vell bagul i alliberen una història que durant molts anys havia estat tancada i oblidada, deliberadament oblidada! Un misteri embolcalla el passat de qui deia que era un capità valerós, i la Vainilla, la Pervinca i tota la Banda del Capità hauran de descobrir la veritat sobre en William Talbooth. Poques pistes, descobriments inesperats i breus trobades ajudaran els nois a recompondre les peces d'un passat sepultat que sembla fosc i fins i tot espanta una mica. Ara bé, la imatge que a poc a poc s'anirà formant davant els ulls meravellats de les bessones y els seus companys, allò que sorgeix de la boira del misteri, sembla tenir els ulls i el somriure de l'Amor. Qui era realment el Capità? I per què en obrir el bagul tothom tenia una història d'amor per explicar? El final és feliç, però no hi falten les sorpreses, i una d'elles sobretot farà bategar amb força el cor de la Vainilla...

La segona nit vaig parlar de Màgia
i d'aventures extraordinàries...

ELS DIES DE BRUIXA DE LA SHIRLEY

Per fi a arribat la primavera a Fairy Oak.
L'aire fa olor de narcisos, de dies llargs i de jocs. Però també de pluja.
És ben cert, plou cada dia, fins i tot, pedrega! Plou durant dies
que no s'acaben mai. Sort que hi ha la Poppy per aixecar
els ànims als joves del poble amb un misteri nou i enrevessat.
La jove i poderosa bruixa ha trobat, amagat al taller de costura
de la seva tieta, un llibre de receptes molt, molt estrany.
A les pàgines, velles i esgrogueïdes, no s'hi esmenten ni ous ni farines,
sinó espases de sal, trossos de cel, cors de pedra i un secret,
el Secret del Bosc.
Decidida a descobrir de què es tracta, la Shirley arrossega la Vainilla
i la Pervinca, i tota la Banda del Capità, a un seguit
d'aventures extraordinàries.
S'hi jugaran la vida, i ells ho saben, però el que veuran i aprendran
els rescabalarà de qualsevol por o ferida. Per sempre.

La tercera nit vaig explicar històries d'Amistat
i de colors adorables...

FLOX DELS COLORS

Sempre passa el mateix.
Un dia de setembre algú fa una raresa més rara que les habituals
i a partir d'aquest moment, durant un mes i a vegades fins i tot dos,
a Fairy Oak queda desterrada la normalitat. S'anomena
la Dansa de les Bogeries de l'Estació.
El que passa en aquests dies és hilarant i preciós, perquè tothom sembla
que dóna el millor d'ell mateix en fantasia, força, habilitat
i... excentricitat.
Tampoc els arbres no es queden enrere. Tota la vall sembla embruixada.
I la Flox té una teoria sobre això: que n'hi ha prou a mirar els ulls
dels que dansen per comprendre que...
Però deixem que ho digui ella mateixa. Aquest misteri ens el desvetlla
la noia arc iris, l'amiga de l'ànima de la Vi i la Babú.
Aquesta història està dedicada a ella i a l'amistat.
Miris on miris, hi ensopegues, i de vegades et deixa uns bons senyals.
I no només a la pell...

La quarta nit
fou la del meu comiat de Fairy Oak...

ADÉU, FAIRY OAK

La Feli ha tornat a casa.
Durant els quinze anys que ha estat lluny de casa seva, no ha deixat d'escriure a les seves companyes fades que s'hi havien quedat. Els ha descrit el poble i les nenes, i els ha explicat totes les aventures increïbles que ha viscut amb elles i els seus amics tan fantàstics. Fins a l'extrem que ara les fades volen saber-ne més coses, desitgen que els expliqui més, que no pari mai! Demanen més històries, noves anècdotes, saber-ho tot del poble del Roure Encantat i els seus habitants.
La Feli ho accepta de bon grat i els promet quatre contes nous, que els permetran continuar en companyia dels seus records i reviure aquells dies tan preciosos.
Sí, però, quant de temps?
Tard o d'hora haurà de deixar el passat enrere i afrontar el futur.
Ella ho sap, i ara que tan sols falta un episodi, sent que el cor li batega amb força: podrà dir adéu a Fairy Oak?
La darrera història és intensa i commovedora,
però també oculta un misteri i desvetlla una profecia...

ÍNDEX

RECICLAR 1.000 KG DE PAPER...

- salva 17 arbres
- estalvia prou energia per abastir una casa durant 6 mesos
- elimina tres metres cúbics de materials inservibles
- estalvia 31.780 litres d'aigua
- produeix un 75% menys de contaminació de l'aire
- empra un 57% de l'energia utilitzada per produir una tona de fibra verge
- produeix un 35% menys de contaminació de l'aigua

Font: http://www.oldgrowthfree.com

Castanyer

Castanea sativa

Auró blanc

Acer pseudoplatanus

Roure

Quercus alba

Buttercup

Ranunculus bulbosus

Rosa

Rosa

Dàlia

Dalia variabilis

Heura

Hedera helix